dtv

ANJA JONULEIT

Neunerlei

Eine Weihnachtserzählung

Deutscher Taschenbuch Verlag

**Ausführliche Informationen über
unsere Autoren und Bücher
finden Sie auf unserer Website
www.dtv.de**

FSC www.fsc.org
MIX
Papier aus verantwortungsvollen Quellen
FSC® C019821

Originalausgabe 2011

Umschlagkonzept: Balk & Brumshagen
Umschlaggestaltung: Wildes Blut, Atelier für Gestaltung,
Stephanie Weischer
Satz: Bernd Schumacher, Friedberg
Gesetzt aus der Sabon 11,75/15·
Druck und Bindung: Druckerei C.H. Beck, Nördlingen
Gedruckt auf säurefreiem, chlorfrei gebleichtem Papier
Printed in Germany · ISBN 978-3-423-21326-4

Sami

Es war in den ersten Novembertagen, als es mich in diesen Teil des Friedhofs verschlug und ich das Grab in der Ecke entdeckte. Es war nicht besonders ungepflegt oder verwahrlost, strahlte keine besondere Traurigkeit oder Wehmut aus, wie alte Gräber das manchmal tun. Es bestand aus nur einer Platte aus grauem Stein, mit Moos und Flechten bedeckt, und Name und Inschrift waren unleserlich. Von einer plötzlichen, unerklärlichen Neugierde erfasst, blieb ich stehen und bückte mich, nahm einen Stein und schabte etwas von dem Moos ab. Nach und nach verdeutlichten sich die Buchstaben, und ich erkannte zwei Jahreszahlen. Ich entfernte ein wenig mehr von der moosigen Schicht, weil ich doch den Namen wissen wollte. Ich kratzte und rieb und schließlich las ich:

Nomina temporis pulvis.

Mein Latein lag verschüttet unter nützlichem und unnützem Wissen von Jahren, und eine Weile lang grübelte ich, doch es gelang mir nicht, den Worten einen Sinn zu geben. Also nahm ich den Stein noch einmal zur Hand und kratzte weiter und legte einen Schriftzug frei, der nicht zu enden schien. Schließlich hatte ich die ganze Platte saubergeschabt, der Schweiß lief mir in dünnen Rinnsalen die Arme hinunter, und mein Hemd klebte am Körper. Auf dem ganzen Grabstein war kein Name zu finden. Stattdessen stand dort:

Namen sind nichts als der Staub der Zeit. Sie markieren einen Weg, dessen einzige bemerkenswerte Ereignisse Abreise und Ankunft sind.

Ich legte den Stein auf die Platte, ganz rechts an den Rand, und erhob mich.

In den nächsten Wochen führten mich meine nachmittäglichen Spaziergänge wieder über den Friedhof, und es war mir zur Gewohnheit geworden, einen Umweg zum Grab jenes Namenlosen zu machen. Ich stellte mir vor, wie es sei, auf der kalten Granitplatte zu liegen, ich fantasierte davon, mir in dunklen Kreisen einen Revolver zu besorgen und dort, auf der Platte, meinen Tod zu inszenieren. Bei der Vorstellung an die Sudelei, die das unweigerlich nach sich zöge, schwenkte ich gedanklich auf Schlaftabletten um. Schlaftabletten und Alkohol, und das in einer bitterkalten Winternacht, das wäre durchaus erwägenswert. Und unter dem Gesichtspunkt der Ästhetik gerade noch vertretbar.

An einem regnerischen Tag Anfang Dezember trieb mich eine Schaffenskrise – ich war zu jener Zeit ein in Expertenkreisen hoch geschätzter, aber leider mittelloser Dichter und verdingte mich als Schreiber von Romanheften – noch vor dem Mittagessen aus dem Haus. Eine gestaltlose Wut über die von mir zu erfüllende Aufgabe erstickte meine Worte und Ideen, und so lief ich durch die Straßen, vor meinen Ängsten davon und hinter der leichten Muse her, bis ich wieder auf dem Friedhof landete.

Die Adventszeit hatte gerade begonnen, und auf den Nachbargräbern lagen Gestecke aus Tannen und Stechpalmen, Efeu und Ligusterbeeren. Flüchtig dachte ich daran, dass ich unabwendbar auf einen einsamen Heiligabend zusteuerte. Seit Jahren schon fühlte ich eine große Leere und Sinnlosigkeit in mir und einzig einer mir eigenen Trägheit schrieb ich den Umstand zu, es bisher noch nicht geschafft zu haben, meinem Leben ein vorzeitiges Ende zu setzen.

Wer meine Eltern waren, wusste ich nicht, und nach einer überwiegend trostlosen Kindheit in verschiedenen Heimen gab es niemanden, dem ich durch einen Suizid eine Last auferlegt hätte. Nein, mein Tod würde keine schmerzliche

Lücke in eine Familie reißen, ein Gedanke, der beinahe Bedauern in mir auslöste: Eine Leich' war schließlich nur dann schön, wenn vor dem Wirtshaus ein paar Leute weinten.

Ich sah ihn vor mir, diesen versprengten Haufen, dieses Grüppchen Vereinzelter, die wie an einer Vororthaltestelle an einem Sonntagnachmittag im Februar am offenen Grab herumstehen würden. Wahrscheinlich würde es nieseln und der Laienprediger, oder wer sonst die Grabrede bei einem Abtrünnigen hielt, würde sich beeilen, zum Ende zu kommen.

Vielleicht waren es aber auch nicht meine Todesphantasien, sondern die Gedanken an das heranrückende Weihnachtsfest, die mich erneut auf den Friedhof getrieben hatten, aber ich konnte eine gewisse hintersinnige Neugier nicht leugnen, die mich von Grabstein zu Grabstein pendeln ließ, die Inschriften und vor allem die Daten inspizierend. Suchte ich doch so etwas wie Ermutigung, einen letzten Ansporn, der mich zum Handeln animieren würde? Letztlich hielt ich schon immer Ausschau nach einem Vorbild. Mit einer gewissen Enttäuschung stellte ich alsbald fest, dass die überwiegende Mehrheit der Friedhofsbewohner seinerzeit deprimierend lange im irdischen Jammertal herumgeirrt war. Vor den wenigen Gräbern derer, deren Wanderung zwischen dem dreißigsten und vierzigsten Geburtstag zu Ende gegangen war, blieb ich stehen und versuchte anhand der Inschriften zu erkennen, ob sie selbst bei ihrem Ableben ein wenig nachgeholfen hatten. Als ich nach einer Weile noch immer keine Antwort gefunden hatte, schob ich meine Gedanken beiseite, wie man einen lästigen und sperrigen Gegenstand in den Keller oder auf den Dachboden räumt, und streifte weiter die Grabreihen entlang, atmete den Duft von nasser Erde und Buchsbaum.

Der Regen war inzwischen durch meine Hosenbeine gedrungen, meine Schuhe quatschten bei jedem Schritt, und ich fror. Doch nach Hause wollte ich auf keinen Fall: Dort wartete nur der leere Computerbildschirm auf mich.

Erst als ich direkt vor dem Grab des Namenlosen stand, bemerkte ich das Glas auf der Platte. Ich kniete nieder, die Stirn in Falten. Es war ein zierliches, geschwungenes Gefäß mit Deckel, und darin lagen ein paar Körner. Mein Blick huschte nach rechts und links, und als ich niemanden entdeckte, griff ich nach dem Gläschen. Ich hob den Deckel, langsam und vorsichtig, ja beinahe ängstlich, als könnte der aus dem Behältnis kriechende Duft mich vergiften. Irritiert über meinen Mangel an Beherztheit und mir plötzlich bewusst, wie sehr ich doch am Leben hing, roch ich daran, erst zögerlich, dann forscher. Vage glaubte ich, mich an etwas zu erinnern, kam aber nicht darauf, was es war. Ich stellte das Gläschen zurück, und da erst fiel mir ein, dass ich doch vor Tagen einen Stein auf der Platte platziert hatte. Ich richtete mich auf, von der Erkenntnis erfüllt, einer Art Irrtum erlegen zu sein. Wenn es einen Menschen gab, der dieses Grab besuchte, warum sorgte er dann nicht dafür, dass die Platte sauber blieb? Auch fühlte ich einen lächerlichen Anflug von Ärger: In den vergangenen Tagen hatte ich dem Ort gegenüber einen irrationalen Besitzanspruch entwickelt. Ich ließ meinen Blick schweifen in der trotzigen Hoffnung, irgendwo den Menschen zu erblicken, der das seltsame Objekt auf das Grab gestellt und meinen Stein fortgenommen hatte. Als sich ringsum niemand ausmachen ließ, suchte ich einen weißen Kieselstein und legte ihn neben das Glas.

Katharina

Es war nicht gerade so, dass ich mit der Adventszeit besonders selige Kindheitserinnerungen verband. Auch war ich der festen Überzeugung, so etwas wie Weihnachtszauber gebe es nicht mehr.

Bei uns zu Hause waren die Heiligen Abende immer gleich abgelaufen, und stets hatte es Vater so eingerichtet, dass wir spätestens um acht Uhr vor dem Fernseher landeten, ›Tagesschau‹, und darauf sahen wir zu, wie andere Leute Weihnachten feierten. Während Vater seine Bierchen zischte und Mutter eine Orange nach der anderen schälte (hin und wieder knackte sie auch eine Nuss), stopfte ich mich mit Aachener Printen und Nürnberger Lebkuchen voll und sehnte mich nach Weihnachten in Bullerbü. Meist machte ich den Abgang, bevor Vater vor dem Fernseher einschlief und Mutter sich, mit einem Seufzer, erhob, den Fernseher ausstellte und allein ins Bett ging.

Im Grunde genommen war ich der festen Überzeugung, dass es diese Heiligen Abende gewesen waren, die Mutter letztendlich dazu bewogen hatten, sich noch einmal aufzumachen, weil doch gewissermaßen alle damals unterwegs waren: Josef und Maria, die Hirten und die Heiligen Drei Könige. Vielleicht dachte sie, es könnte sich lohnen, noch ein wenig mehr zu sehen in diesem Leben.

Als sich abzeichnete, dass ich mein Abitur bestehen würde, verkündete sie, dass sie den LKW-Führerschein gemacht habe. Am Tag, als ich mein Studium in Berlin antrat, fuhr sie davon. Seither konnte es gut sein, dass Mutter an Heiligabend über die Autobahn brauste, spanische Orangen im Schlepptau, und vielleicht dachte sie daran, wie es gewesen war, neben meinem Vater vor dem Fernseher zu sitzen.

Natürlich war mir damals schon klar gewesen, dass es die Umstände waren, die meine Mutter aus dem Haus getrieben hatten. Aber ich konnte nicht von dem Glauben lassen, dass an allem nur die Heiligen Abende vor dem Fernseher schuld gewesen waren. Ich hatte aufgehört, an Weihnachten zu denken, als meine Mutter das Haus verließ. In all den Jahren, die seitdem vergangen waren, hatte sich diese Aversion noch verschärft und auf die ganze Adventszeit ausgedehnt.

Apothekerin wurde ich, weil mir die Ordnung gefiel: die vielen Schubladen, die Packungen und Fläschchen soldatisch nebeneinander im Regal, so bekam die Welt etwas Überschaubares. Auch fand ich den Gedanken beglückend, dass gegen so viele Krankheiten Pillen gedreht wurden.

Nach meinem Studium setzte ich alles daran, ein eigenes Reich zu erwerben, ich sparte eisern und mit zusammengebissenen Zähnen, und im Jahr meines zweiunddreißigsten Geburtstags unterschrieb ich den Kaufvertrag für die Apotheke. Ich übernahm sie von einem schrulligen Alten und sie war ein wahres Juwel: Mit Apothekerschränken aus Mahagoni, die bis zur Decke reichten, und einem Tresen aus Teak, der, wenn die Abendsonne ihre schrägen Strahlen darauf warf, rötlich schimmerte.

Zwischen allen Bewerbern, die damals auf den Laden spekulierten, war ich es, die den Zuschlag bekam. Erst Jahre später erfuhr ich den wahren Grund, warum der Alte mich auserwählt hatte: Meine Haarfarbe war ihm *passend* erschienen.

Sami

Die meiste Zeit des Jahres hatte ich mich bequem in meinem Leben eingerichtet. Ich arbeitete viel, und wenn ich arbeitete, ging es mir gut. Die Krisenzeiten waren der Sommerurlaub und die Feiertage, allen voran Heiligabend, dicht gefolgt von Ostersonntag, wenn glückliche Eltern, Kinder und Großeltern nach oder vor der Kaffeetafel einen Familienspaziergang machten und ich allein durch die Straßen schlich, ohne ein Ziel, doch mit dem sehnlichen Wunsch, eines zu haben.

Sicher war einer der Gründe für meine Einsamkeit die Tatsache, dass ich ein Einsiedler war und träge. Ich arbeitete zu Hause, und eigentlich hätte ich die Wohnung nur alle paar Wochen verlassen müssen, um nicht zu verhungern. Ich gehörte zu jenen Menschen, die wochen-, ja vielleicht monatelang unbehelligt in ihrer Wohnung liegen konnten und schließlich nur deshalb entdeckt wurden, weil die Miete ausblieb und im Treppenhaus vor der Wohungstür ein strenger Geruch schwelte.

Als ich an jenem ersten Adventssonntag vom Friedhof nach Hause zurückging, war das Wetter für Spaziergänger zu schlecht, und das Viertel gehörte mir ganz allein. Auf dem Nachhauseweg grübelte ich noch eine Weile darüber nach, wie es kam, dass mir die Körnchen vage vertraut waren. Doch die Vertrautheit war eine seltsame, sie war wie aus einem Traum. Ich steckte die Hand in die Tasche und befühlte das eine Körnchen, das ich mitgenommen hatte. Ich dachte über das Glas nach und darüber, wer es dort hingestellt haben mochte, an diesem ersten Sonntag im Advent. Ich bog in meine Straße ein und kam an der Apotheke im Nachbarhaus vorbei. Im Inneren brannte Licht, die Apotheke hatte geöffnet. Bereitschaft, dachte ich und drückte die Tür auf.

Als ich über die Schwelle trat, klingelte eine altmodische Glocke, und beim Nähertreten bemerkte ich, dass der Laden zu der Glocke passte: Ringsum holzvertäfelt, stand das rötlich schimmernde Holz im Gegensatz zu der Batterie an Schmerz- und Hustenmitteln, die hinter dem Tresen aufgereiht waren. Niemand war da. Mit einem leisen Erstaunen wurde mir in dem Moment bewusst, dass ich seit meinem Einzug in der Wohnung im Nebenhaus im Sommer kein einziges Mal krank gewesen war und dass es seitdem das erste Mal war, dass ich eine Apotheke betrat. Als eine Stimme wie von weit her rief: »Ich komme gleich.«

Die Frau, die kurze Zeit später den Raum betrat, einen Stapel weiße Medikamentenschachteln in der Hand, war klein und rothaarig, und ihre Augen steckten hinter dicken Brillengläsern. Ich zog das Körnchen aus der Tasche – es war inzwischen warm geworden in meiner Hand – und legte es vor ihr auf die Theke. Ich wand mich ein wenig, bevor ich mich zu fragen traute: »Vielleicht ist dies ein etwas ungewöhnliches Anliegen. Aber können Sie mir sagen, was das ist?«

Sie griff nach dem Körnchen und ich sah, dass ihre Hände klein und zierlich waren und die Haut ganz weiß. Sie legte das Körnchen auf ihre Handfläche, führte die Hand zur Nase und roch daran. Dann rieb sie das Körnchen zwischen Daumen und Zeigefinger. Ich starrte sie an, die weißen Hände, die Nasenflügel, die bebten, als sich unvermittelt eine flammende Röte auf ihrem Gesicht ausbreitete und bis hinunter in den Kragen ihres Apothekerinnenkittels kroch. Unwillkürlich dachte ich an Mohnblumen. Die Frau legte das Körnchen auf die Theke und sagte ein wenig heiser: »Piment.«

Ich betrachtete sie aufmerksam. Sie erinnerte

mich an irgendjemanden oder irgendetwas, aber ich kam nicht darauf, wer oder was es war.

»Ja, Piment oder Nelkenpfeffer oder Jamaikapfeffer. Welchen Namen auch immer man vorzieht.«

Ich musste sie wie versunken angesehen haben, denn sie fuhr fort, wohl in der Annahme, dass ich ein wenig schwer von Begriff war und immer noch nicht verstanden hatte.

»Ein beliebtes Universalgewürz. Für Suppen und Fleisch, Gemüse, Braten, aber auch für Weihnachtsgebäck. Macht die Speisen bekömmlicher und fördert die Verdauung.«

Ich nickte und unter ihrem Blick spürte ich, wie auch ich rot wurde. Ich brachte ein unsicheres Lächeln zustande, bedankte mich ein wenig zu überschwänglich, wie es meine Art war, wenn mir jemand einen Gefallen tat, und sei er noch so klein, und sah sie das Lächeln erwidern. Als ich bereits an der Tür war, wehte kaum hörbar ihre Stimme zu mir herüber: »Woher haben Sie das Körnchen denn?«

»Von einem Grab«, sagte ich, verließ den Laden und hätte mich ohrfeigen können.

Katharina

Als Apothekerin lernte ich die unterschiedlichsten Menschen kennen. Am vertrautesten waren mir damals die »Dauermedikamentierer«, zu denen sowohl Frauen als auch Männer gehörten. In ihrer Gegenwart fühlte ich mich sicher. Sie waren fast jede Woche da, manchmal mehrmals, mit neuen Rezepten, mit ähnlichen Rezepten, mit Fragen zu den neuen Rezepten oder einfach zum Reden. Die »Dauermedikamentierer« hatten ein ungesundes Aussehen: eine graue Gesichtsfarbe oder geplatzte Äderchen auf Wangen und Nase. Eine andere Gruppierung bildeten die »Schüssler-Schamanen«, meist Frauen oder Mütter, die Globuli oder auch mal die braunen 200er-Fläschchen mit Ferrum oder Kalium in verschiedenen Potenzen besorgten. Und dann die Fraktion der »Hardcore-Mütter«, die medikamentös aufs Ganze gingen und regelmäßig – für sich selbst und für den Nachwuchs – Antibiotika und Tropfen für Nase und Ohren besorgten, manche gleich auf Vorrat. Und natürlich noch die Allergiegeplagten – ein relativ bunter Haufen –, die meist mit dem ersten Pollenflug in meine Apotheke geweht wurden. Schließlich gab es noch die Streukunden, die nicht spezifizierbare Gruppe der Gemischtkäufer, die dieses und jenes erwarben. Der Mann mit den Pimentkörnern gehörte zu keiner dieser Gattungen.

Die Arbeit in der Apotheke machte mir die meiste Zeit Freude, und auch sonst ging es mir gut. Aber aus einem mir nicht ersichtlichen Grund hatte ich in den letzten Monaten hin und wieder Träume, die mich unruhig erwachen ließen. In diesen Träumen saß ich neben meinem Vater auf dem Sofa und trank Bier. Das allein war schon verwunderlich genug, da ich niemals Bier trank. Es war nicht so, dass ich Bier verabscheute, ich machte mir nur nichts daraus. Im Traum trank ich also Bier und saß neben meinem Vater auf dem Sofa und wir sahen uns ›Wetten, dass ..?‹ an, was der zweite Fauxpas dieses Traumes war, da ich die Sendung seit meiner Kindheit (als sie noch von einem anderen moderiert worden war) nicht mehr gesehen hatte. Ich saß also auf dem Sofa, diesem beigen Feincordsofa meiner Kindheit, trank Bier und schaute ›Wetten, dass ..?‹ an, als plötzlich draußen ein riesiger Truck vorüberfuhr und ich auf einmal wusste, dass darin meine

Mutter saß. Ich sprang auf, kippte das Bier um und rannte hinaus. Ich musste sie erwischen, um alles in der Welt musste ich sie erwischen! Doch als ich endlich auf der Straße stand, sah ich nur noch die Rücklichter. Da überkam mich eine derartige Traurigkeit, eine Gewissheit, nun für immer hier bleiben zu müssen, neben meinem Bier trinkenden Vater zu sitzen und ›Wetten, dass ..?‹ anzusehen. Als ich erwachte, spürte ich eine seltsame Mischung aus Ratlosigkeit und Wut. Vielleicht weil ich mich daran erinnerte, dass ich als Kind Träume gehabt hatte.

Als Kind träumte ich eine Zeitlang davon, einen Teeladen zu haben, als Jugendliche war es ein Delikatessengeschäft und später, noch während des Studiums, wünschte ich mir manchmal ein Pralinengeschäft, irgendetwas feines Kleines, Erlesenes. Sinnliches. Der Wunsch mit den Pralinen kam später noch einmal auf, und zwar nachdem ich mir im Kino den Film ›Chocolat‹ angesehen hatte, fünfmal, um genau zu sein, und ich ständig glaubte, den Geschmack von Chilischokolade auf der Zunge zu spüren. In dieser Zeit träumte ich davon, Juliette Binoche zu sein. Was natürlich an sich schon eine große Veränderung bedeutet hätte, da Juliette Binoche schön ist und elegant, und ihre sanften Augen verbreiten eine beruhigende Kühle, wie ein kaltes Tuch auf einer fieberheißen Stirn. Ich hingegen bin klein und rundlich, und als Kind riefen mich die anderen Rotbäckchen, wie das blonde Mädchen mit dem blauen Kopftuch auf der Flasche, obwohl ich rotes Haar habe, aber leider nicht den milchweißen Teint der Rothaarigen, sondern eben gesunde Apfelbacken. So kam es, dass in meiner Apotheke der Rabenhorster Rotbäckchensaft von Beginn an in einer unauffälligen Ecke stand.

Am Sonntagabend, nachdem der Kunde mit der seltsamen Frage auf mich zugekommen war, holte ich mein Botaniklexikon und blätterte noch lange darin herum. In der Nacht saß ich nicht neben meinem Vater auf dem Sofa. Diesmal wuchs aus meinem Traum ein Myrtenbaum, klein und übersät mit weißen Blüten, die einen betörenden Duft verströmten. Aus den Blüten wurden grüne Beeren und ich pflückte sie.

Sami

In dieser Nacht taumelten die absonderlichsten Gedanken durch meinen Kopf, und plötzlich wusste ich wieder, woher ich das Körnchen kannte. Ich sah mich selbst in der Küche des Kinderheims stehen, mit der blauen Schürze, deren Bänder zweimal um meinen Leib reichten. Ich befüllte das Bouillon-Säckchen mit Pimentkörnern. Dieses Säckchen war ein Netz, in das Möhren, Sellerie, eine Zwiebel, Lauch und Lorbeerblätter gepackt wurden und das die Brühe kräftig machen sollte. In jeder Woche hatte ein anderer Küchendienst, und wenn man älter war und vertrauenswürdig, durfte man die anspruchsvolleren Tätigkeiten übernehmen, und dazu gehörten das Abwiegen und Befüllen des Bouillon-Säckchens.

Ich lag noch lange wach und freute mich, das Tor zu dieser Erinnerung gefunden zu haben, da sie zu den angenehmeren Bildern meiner Vergangenheit gehörte. Doch irgendwann landete ich erneut bei der Frage, warum jemand ein Gläschen mit Piment auf ein Grab stellte.

Am nächsten Tag fühlte ich mich aus irgendeinem Grund beinahe beschwingt, arbeitete fast ununterbrochen und konnte so das von meinem Verlag in Auftrag gegebene Heft ›Umkehr des Herzens‹ zwei Tage früher als vereinbart liefern.

Des Menschen Sehnsucht nach dem guten Ende ist tief verwurzelt, so tief, dass er bereit ist, Geld auszugeben, um sich ein paar Stunden in der Illusion zu wiegen, dass *es* möglich ist. Eine unsinnige Komödie im Kino entführt uns auf einen anderen Planeten, den der bis an ihr Lebensende Glücklichen. Die Liebesgeschichte hört auf, wenn zwei sich *gekriegt* haben – obwohl wir alle wissen, dass es dann erst richtig losgeht. Aber das verschweigen wir und wollen auch, dass andere uns das verschweigen.

Natürlich verdiente auch ich meine Brötchen damit, die Sehnsucht meiner Leserinnen nach Schönheit und Harmonie, ewiger Liebe und Treue zu bedienen. Bei mir gab es auch noch die Bösen, die am Ende ihrer gerechten Strafe zugeführt wurden. Und manchmal bereuten sie und wurden gut. Platz für Grautöne gab es nicht, im Grunde war es eine gnadenlose Wahrheit, die ich verkaufte, eine mittelalterliche Welt voller Engel und Dämonen.

Von meinen preisgekrönten Erzählungen wurden seinerzeit – bevor der Rest eingestampft wurde – ein paar hundert Exemplare verkauft. Es waren Geschichten, wie sie das Leben schrieb, von Kindern, die in Heimen aufwuchsen und zeit ihres Lebens heimatlos blieben; von Freundschaften, die an der Oberfläche dahindümpelten; vom Reigen der Liebe, der sich niemals schloss.

Dabei hatte alles so harmlos begonnen, damals, als ich das Thema meiner Magisterarbeit wählte: ›Die Bedürfnisse des Individuums im Spiegel der Romane von Marlitt und Courts-Mahler‹. Als ich im Anschluss an die Magisterarbeit rein aus Vergnügen im Urlaub ›Sommer in Rosenau‹ schrieb und das Manuskript an einen Verlag für Heftromane schickte, wurde es prompt veröffentlicht, und mein Doppelleben als Tamara Sommerblum begann.

Die Geschichten hatten sich seit Marlitt kaum verändert. Natürlich streute man heute gerne ein paar Alleinerziehende ein, um die aktuellen Zielgruppen besser ins Visier zu nehmen. Und während es früher die zarten, unschuldigen Gouvernanten waren, die allen Widrigkeiten zum Trotz ihren blaublütigen Helden fanden, so war es heute die unverheiratete, aber talentierte Mutter eines kleineren Kindes, die unverschuldet ihre Arbeit verlor, und am Ende entpuppte sich der Sohn des Chefs (oder der Chef selbst) als kinderfreundlicher Ersatzvater, der nichts lieber tat, als seine Penthousewohnung aufzugeben und eine Gründerzeitvilla mit großem Garten zu beziehen, zusammen mit der alleinerziehenden Mutter. Und dem Kind, versteht sich.

Genau darüber grübelte ich nach, als ich am dritten Dezember meine Schritte wieder zum Grab des Namenlosen lenkte. Zu meiner Überraschung stand nun ein zweites Glas genau derselben Machart neben dem ersten. Ich machte Halt, mein Blick klebte an dem Gefäß, in dem ein Pulver von rötlichem Braun zu sehen war. Diesmal zögerte ich nur kurz, öffnete es und roch: Zimt. Ich erkannte den Duft sofort, stieg doch eine Weihnachtserinnerung an Kindertage in mir auf, wie ich sie längst verloren geglaubt hatte. Wieder suchte ich einen besonders reinen, besonders schönen Kiesel und legte ihn zu dem anderen.

Katharina

Nach einem ausgedehnten Spaziergang in der früh hereinbrechenden Dämmerung, vorbei an Schaufenstern mit Sternen und Kugeln, Schneekristallen aus Glas und künstlichem Tannengrün fühlte ich mich mit einem Male beschwingt, ja beinahe übermütig, und als ich im Schaufenster eines Antiquariats ein Buch mit dem Titel ›Bunte Gewürzkunde von Anis bis Zimt‹ liegen sah, beschloss ich kurzerhand, hineinzugehen. Der Antiquar – der mich mit einem knappen Nicken begrüßte und, wie ich mutmaßte, zu den stillen Lächlern gehörte – holte das Buch aus dem Schaufenster, und während ich es vorsichtig durchblätterte, wirbelte der Staub von Jahren auf. Das Buch war ein Kleinod, das erkannte ich wohl, aber bei Büchern wie auch bei Kleidern bevorzugte ich neue Ware – vielleicht eine berufsbedingte Einschränkung des Apothekers. Nach einigem Blättern und Zögern entschloss ich mich dennoch, es zu kaufen.

Auf dem Rückweg nach Hause kitzelten winzige Flocken meine Nase und Wangen. Ich ging an einem Schaufenster vorüber, in dem Menschen in Sesseln saßen und Kaffee tranken, trat ein, holte mir den größten Kaffee, den »Starbucks« zu bieten hatte, und versank im letzten noch freien Ohrensessel. Ich nippte am heißen Kaffee, das Buch lag auf meinem Schoß. Nur das Schaufenster trennte mich von den Vorübereilenden, die mit Tüten und Paketen im Arm auftauchten und wieder verschwanden, wie auf einer Bühne, vor der ich mich für die Dauer eines Kaffees niedergelassen hatte. Ein Stück mit wechselnden Darstellern, dachte ich und fragte mich, wie es kam, dass all diese Menschen andere Menschen hatten, die sie beschenken konnten und für die sie nun Tüten und anderes durch die Gegend schleppten, dem einen Abend entgegensteuernd. Ich selbst hatte nur Ruth, meine Apothekenhelferin, die bei mir seit dem ersten Tag arbeitete und der ich jedes Jahr an Heiligabend ein Paket in die Hand drückte, woraufhin sie ebenfalls jedes Jahr »echt cool, danke« sagte.

Ich warf einen letzten Blick auf eine junge Frau mit gelbem Anorak und lila Wollschal und tauchte ein in eine Welt, in der es nach Zimt und Nelken duftete. Ich las und las, und als ich nach zwei Stunden wieder aufmerkte, waren der Bürgersteig und die parkenden Autos unter einer

Schneeschicht verborgen. Ich steckte mein Buch in die Tasche, schlüpfte in meinen Mantel und schlang den Schal doppelt um den Hals. Und ging nach Hause, durch eine Welt, die leiser und sanfter geworden war, wenn vielleicht auch nur für eine Nacht.

Sami

Als sie mich in der Babyklappe fanden, steckte ein Zettel in meiner Kapuze, und darauf stand ein Name. Also nannten sie mich »Sami«. Das bot mir zumindest eine ganze Palette an Möglichkeiten: Vielleicht waren meine Eltern aus Afghanistan, vielleicht aus der Türkei oder ganz generell aus dem arabischen Raum. Sie hätten aber auch Finnen sein können. Vielleicht gab es Finnen mit schwarzen Haaren und schwarzen Augen? Im Arabischen bedeutete Sami »der Helle« oder auch »der Erleuchtete«, was mir immer gut gefiel. Geprägt hatte mich allerdings weder der arabische noch der skandinavische Kulturraum, sondern eine Kindheit, die ich überwiegend in einem protestantischen Kinderheim verbrachte.

Wir waren damals zu viert in einem Zimmer, und von meinem Bett aus konnte ich ein Stück vom Himmel sehen, der meist grau, manchmal aber auch porzellanblau war, als habe ihn jemand mit einem weichen Tuch blank poliert. Im Advent beklebten wir die Scheiben mit bunten

Sternen, die wir selbst gebastelt hatten. Und Willy beklebte sie mit Popeln, zumindest eine Zeit lang, bis die Schweinerei entdeckt wurde und er die Fenster putzen musste. Danach klebte er seine Popel nur noch an den Himmel seines Stockbetts. Jedenfalls behauptete er das. Ich hatte nie nachgesehen.

Einmal, nach Jahren, fuhr ich wieder an dem Haus, in dem wir damals gelebt hatten, vorbei. Die Fenster waren mit Brettern vernagelt und die Vorderfront des Gebäudes war mit Graffiti besprüht, mit Monstern und Fratzen, und Totenköpfe starrten mich aus ihren Augenhöhlen an, während ich mich zu erinnern versuchte, ob die Fensterläden schon damals jenes verwitterte Grau gehabt hatten und ob es das zweite oder das dritte Fenster von links gewesen war, hinter dem wir darauf warteten, endlich erwachsen und Teil jener geheimnisvollen Welt da draußen zu werden.

Der Brauch, im Advent einen Stern ans Fenster zu kleben, war mir geblieben. Und auch wenn ich mich dabei lächerlich fühlte, so nahm ich an jenem Samstag vor dem ersten Advent einen Bildband über Timbuktu aus dem Regal, der mir in erster Linie als Aufbewahrungsort eines Sterns aus gelbem Transparentpapier diente.

Am nächsten und übernächsten Tag leuchtete

die späte Vormittagssonne in mein Fenster und ließ für eine Stunde oder zwei den Stern in seinem warmen Gelb erstrahlen, und mit einem Mal war mir, als stünde alles, was ich tat, unter einem guten Vorzeichen. So schrieb ich an diesen beiden Tagen nicht nur an der Fortsetzung der ›Umkehr des Herzens‹ weiter, sondern verfasste ein paar Haikus, die mir wirklich gelungen erschienen.

Vertieft in meine Schreibe, dachte ich erst am sechsten Dezember wieder an das Grab, und als ich davorstand, verharrte mein Blick auf dem dritten Glas. Ohne mich umzusehen, griff ich danach, hob den Deckel und roch: Ein mir völlig unbekannter Duft entströmte dem Gefäß. Diesmal hatte ich jedoch vorgesorgt. Ich kramte eine winzige Plastiktüte aus meiner Manteltasche, tat – von den Skrupeln eines Grabräubers geplagt – eine Messerspitze von dem Gewürz in mein Tütchen und eilte davon. Nun hatte ich wieder einen Vorwand, die Frau, die mich an eine Mohnblüte erinnerte, aufzusuchen. Erst lief ich noch dreimal um den Block und suchte Mut. Was, wenn ich ihr gehörig auf die Nerven ging? Was, wenn sie mich für einen Geizhals hielt, da ich nie etwas bei ihr kaufte? Es war inzwischen fünf Minuten vor sechs, gleich würde sie schließen. Ich blieb noch einmal stehen, atmete tief ein und wieder aus und steuerte die Apotheke an. Als habe sie bereits auf mich gewartet, nahm die Mohnblüte das Tütchen entgegen, roch kurz an seinem Inhalt, sagte »Ingwer« und lächelte so lind wie ein Frühlingsabend in der Toskana. Ich war erleichtert. Und während ich noch damit beschäftigt war, erleichtert zu sein, fuhr sie bereits fort: »Das beste Aroma sagt man dem Jamaika-Ingwer nach. Dann gibt es noch Malabar-Ingwer, der schmeckt zitronig. Ingwer aus Westafrika ist ziemlich scharf.«

»Sie kennen sich aber gut aus!«

Die Mohnblume errötete, ich tat es ihr gleich und sie sagte: »Es ... Es gibt auch Stern-Ingwer. Den kriegt man auch kandiert als Scheiben oder Stäbchen, mit Schokolade überzogen oder glaciert. Dort im Regal ...«, sie deutete auf ein paar Päckchen schräg hinter mir, »habe ich welchen mit Bitterschokolade.«

Ich drehte mich um, näherte mich dem Regal, stand unbeholfen davor, räusperte mich, murmelte etwas wie »eine Tüte mitnehmen« und wagte zu fragen: »Und wofür ist der gut, der Ingwer?«

»Tja ...« Ich fürchtete, sie in Verlegenheit gebracht zu haben, denn ihre Wangen nahmen nun eine tiefrote Färbung an. Doch dann sagte sie mit fester Stimme: »In Asien und Afrika wird Ingwer gegen Magen-, Kopf- und Zahnschmerzen verwendet, gegen Erkältungen und sogar bei Rheuma. Ingwer ist wärmend und antiseptisch.«

»Ich habe noch nie Ingwer verwendet. Ich wüsste gar nicht, wofür man den nimmt.«

»Oh … Er ist sehr vielseitig … Man kann ihn für Suppen und Gemüse verwenden, Hackfleisch, Schinken, aber auch für Süßspeisen.«

»Gingerale!«, rief plötzlich eine Stimme von hinter dem Regal.

»Ja, *das* k… kenne ich« sagte ich, an die Mohnblüte gewandt.

»In England ist er verbreiteter als bei uns. Denken Sie nur an *Gingerbread*.«

Wieder räusperte ich mich, sie räusperte sich, wir waren Weltmeister im Räuspern. Darauf schwiegen wir.

»Tja …«, setzte ich nach einer Weile an.

»Tja …«, antwortete die Mohnblüte.

»Also, vielen Dank. Sie haben mir wirklich sehr geholfen.«

»Der Schokoingwer, wollten Sie nicht eine Tüte davon?«, gellte es wieder von hinter dem Regal.

Nun war die Reihe an mir zu erröten.

»Aber ja … Danke, dass Sie mich erinnern!«, rief ich zurück. Und als ich mich immer noch zu dumm anstellte, holte die Mohnblüte die Packung selbst aus dem Ständer und scannte sie konzentriert ein. Ich zahlte, wollte noch etwas sagen, aber sie sah plötzlich sehr beschäftigt aus.

»Auf Wiedersehen«, grüßte ich, und im Hinausgehen dachte ich, was für einen hübschen, ja zauberhaften Kirschmund sie hatte und dass ich ihre Augen gerne mal ohne die Scheiben davor gesehen hätte.

Katharina

Ich beteiligte mich grundsätzlich nicht an der vorweihnachtlichen Aufregung und geriet darüber zu Beginn jeder Adventszeit mit Ruth aneinander. Jedes Jahr wieder sagte sie: »Ein paar Sterne könnten wir ja nun wirklich aufhängen. Wenigstens für die Kunden!« Und jedes Jahr wieder entgegnete ich: »Nicht in meiner Apotheke.«

In den Anfangsjahren unserer Zusammenarbeit hatte sie heimlich Sterne an die Fenster geklebt, die ich wieder abnahm, einen Adventskalender im Laden aufgehängt, den ich wieder abhängte. Und einmal hatte sie tatsächlich versucht, einen von diesen Leuchtsternen ins Schaufenster zu hängen, die abwechselnd in verschiedenen Farben blinkten. Auch futterte sie dauernd irgendwelches Adventsgebäck, am liebsten Nürnberger Lebkuchen mit Oblaten, und trällerte, wenn keine Kunden im Laden waren, fast unablässig ›Last Christmas‹ vor sich hin. Überhaupt verbreitete sie in der Adventszeit noch viel mehr hartnäckigen Optimismus als sonst, was mir noch viel mehr auf die Nerven ging als sonst. Besonders in den Wochen vor Weihnachten konnte Ruth sich vor lauter Party- und Festangeboten kaum retten, hier eine schunkelige Runde vom Kegelclub, dort ein Weihnachtsbasar vom Turnverein ihres Patenkindes. Dann die Adventsfeier des Skiclubs (allein die Bezeichnung »Club« erzeugte bei mir einen nicht zu unterdrückenden Widerwillen), ein Vorweihnachtswochenende auf einer Hütte, zusammen mit mindestens zwanzig anderen, die mindestens ebenso unerschütterlich waren wie Ruth und die auch vor Matratzenlagern nicht zurückschreckten. Am liebsten hätte ich sie in diesen Wochen gezwungen, unbezahlten Urlaub zu nehmen, nur um nicht täglich Geschichten darüber zu hören, wie »wirklich lustig« es am Vorabend wieder mit den Keglern gewesen war. Ich hatte sogar schon darüber nachgedacht, den Laden im Advent dichtzumachen, aber was hätte ich dann getan!

Einmal las ich in der ›Apotheken-Rundschau‹, dass Leute mit einer Neigung zu Depressionen schlechtes Wetter liebten und nichts so sehr verabscheuten wie hartnäckige Optimisten und Sonnenschein.

Sami

Im Kinderheim erfuhren wir, dass der erste Adventskranz aus einem Heim stammte, erdacht von einem evangelischen Pastor, der den Kindern das Warten auf Weihnachten verkürzen wollte. Warum ich nun gerade daran dachte, wusste ich erst am nächsten Tag.

Ich erwachte schon früh, noch bevor der Morgen graute, vom steten Ticken des Regens, der auf den blechernen Fenstersims vor meinem Schlafzimmer trommelte, das gleichzeitig mein Wohn- und Arbeitszimmer und auch die Küche war. Eine Weile lang lag ich so da und dachte an die nächste Folge der Serie ›Irrwege der Liebe‹. Der junge Graf von Schenk sollte heute entdecken, dass er von seiner Verlobten, Sonja von Hardenberg, Jetset-Blondine und Teilzeitmodel, schändlich hintergangen worden war. Einen Moment lang spielte ich mit dem Gedanken, dass er – vor Trauer und Verzweiflung über den Verrat – seinen Tod auf einer Grabplatte auf dem Friedhof inszenieren könnte und dass ihn die blutjunge und bildhübsche Alleinerziehende Isabelle finden und retten würde, verwarf diesen Plan aber wieder, weil er mir vermutlich Ärger mit der Redaktion eingebracht hätte, da ›Irrwege der Liebe‹ nicht zum Genre der Romantic Thriller gehörte. Ich notierte mir die Szene jedoch noch im Bett sitzend auf einem Block, von denen ich in jeder Ecke der Wohnung (auch wenn sie klein war) einen liegen hatte, und beschloss, dass diese Szene für eine andere Serie viel hergeben würde. Angespornt von diesem Gedanken setzte ich mich, eine große Tasse Kaffee und eine Zigarette in der Hand, noch vor dem Frühstück an den PC und schrieb bis zum frühen Nachmittag, duschte und ging in »Peters Schnellimbiss« an der Ecke, schlug mir den Bauch mit Pommes und Currywurst voll und sah durch das Schaufenster ein paar Männern zu, die dabei waren, Bretter von einem Anhänger zu heben. Peter, der eigentlich Baha hieß und aus Iran stammte, folgte meinem Blick und sagte: »Weihnachtsmarkt.« Ich sah ihn fragend an und er erklärte: »Hier jedes Jahr Weihnachtsmarkt in Straße.« Dabei betonte er jedes »R« ganz besonders und lächelte auf eine Art und Weise, als sei der Weihnachtsmarkt sein persönliches Verdienst. Da erst merkte ich, während ich den Blick über die Plastikhocker und Resopalflächen wandern ließ, dass Baha selbst auch dafür gesorgt hatte, dass die Stimmung in seinem Imbiss weihnachtlich war: Ringsum verliefen unechte Tannengirlanden, von denen leuchtende Plastikweihnachtsmänner baumelten. In der Ecke neben der Klotür stand ein orangeroter Tannenbaum, der verrostet aussah.

Baha folgte meinem Blick und sagte: »Schön, nicht?«

»Ich dachte, du seist Moslem?«

Baha lächelte breit: »Ja, ich Moslem, aber du nicht, oder? Also ich mache schön für Gäste hier.«

Er schien auf eine Antwort zu warten, vielleicht sogar auf Lob? Also sagte ich: »Schön, ja, sehr schön!«

Ich bestellte noch einen Tee zum Abschluss und ging in den Regen hinaus, vorüber an den Männern, die die Buden aufbauten, und schlug den Weg in Richtung Friedhof ein. In den vergangenen zwei Tagen war ich ebenfalls zu *meinem* Grab gegangen und hatte keine Veränderung festgestellt. Ich war gespannt, ob heute wieder ein Glas dastehen würde.

Von Ungeduld und Erwartung getrieben, öffnete ich die Pforte. Die Wege waren aufgeweicht, an den Rändern lagen schmutzige Schneereste, das Wasser quatschte unter meinen Schritten. Auf einmal konnte ich meine Neugierde kaum noch zügeln, und so rannte ich die letzten Meter fast. Und richtig: Neben den drei bereits bekannten Gläschen stand ein viertes. Provozierend behauptete es seinen Platz in Grabesmitte, ein wenig abseits von den anderen, gerade so, als wollte es sich dort in aller Deutlichkeit präsentieren. Diesmal zögerte ich nicht, schraubte es auf und tat etwas von seinem Inhalt in ein Tütchen, das ich nun ständig bei mir trug. Auf dem Rückweg hoffte ich, die Beute in meiner Tasche mit den Fingern umklammernd, die Mohnblüte möge da sein. Das letzte Mal nämlich, als ich unter dem Vorwand, Hustenpastillen zu brauchen, die Apotheke betreten hatte, hatte eine andere Frau, eine jüngere Blonde, hinter der Theke gestanden und auf einen alten Mann eingeredet, als könnte sie dafür einen Preis gewinnen, was sie aber nicht davon abgehalten hatte, mir zwischendurch ein paar kokette Blicke zuzuwerfen.

Je näher ich der Apotheke kam, desto zögerlicher wurde mein Schritt: Was, wenn sie mich für einen Spinner hielt? Ich dachte eine Weile darüber nach, wie sie mir bisher begegnet war, doch konnte ich mich an nichts erinnern, was diese Sorge begründet hätte.

Da es jedes Mal ich war, der etwas von ihr erbat, beschloss ich, ihr eine kleine Aufmerksamkeit, ein Zeichen meiner Dankbarkeit zu überreichen. Sie musste wissen, dass ich ihre Freundlichkeit als solche erkannte und zu schätzen wusste.

Nach zwei Stunden ermüdender Suche in Geschäften aller möglichen Art ließ ich mich noch immer durch die Straßen treiben, noch immer mit leeren Händen. In einer Seitenstraße ein paar Blocks entfernt war ein Weihnachtsmarkt in vollem Gange, ›Driving home for Christmas‹ tönte aus den Lautsprechern hinter dem Glühweinstand. Da ich durchgefroren und auch schon wieder hungrig war, kaufte ich mir einen halben Meter Bratwurst und einen Jumbobecher Glühwein mit Schuss. So gestärkt und beschwingt schlenderte ich an den Ständen vorüber, ›Jingle Bells‹ im Ohr, und betrachtete – inzwischen wohlwollend und gelöst – die gehäkelten Topflappen in Giftgelb und Signalorange, Objekte aus Kupfer, deren Bestimmungszweck sich mir zumindest in diesem Augenblick nicht erschloss. Schließlich gelangte ich an einen Stand mit Hüten, Taschen und Bommeln aus Filz. Ich versuchte mir die Mohnblüte mit einer mittelalterlich anmutenden Filzkappe vorzustellen, als mein Blick auf einen überdimensionalen Adventskranz fiel, der am rechten Rand der Theke stand und auf dem die erste grüne Kerze brannte; der ganze Kranz bestand ausschließlich aus Gewürzen, ja, er war ein

Rausch, eine Orgie aus Gewürzen: Nelken und Zimtstangen, Mohnkapseln und andere blütenförmige Dinge, deren Namen ich nicht kannte, die aber allerliebst aussahen.

»Was kostet der?«

Eine gelangweilte Verkäuferin unterbrach ihr Telefonat und nuschelte ein wenig genervt: »Der is nich zu verkaufen.«

»Ich hätte ihn aber trotzdem gerne.«

»Geht aber nich. Der gehört zur Deko.« Sie hielt sich wieder das Handy ans Ohr.

»Nennen Sie mir einen Preis.«

Das Mädchen, wahrscheinlich eine Schülerin, sagte jetzt: »Ich bin hier nur die Aushilfe. Kommen Sie wieder, wenn die Besitzerin da ist. Hallo? Ja und dann stell dir vor hat er …«

»Vielleicht könnten Sie die Dame kurz anrufen und sich erkundigen?«

Sie sah mich aus ihren dick mit Kajal umrandeten Augen an, als wäre ich ein besonders lästiges Insekt. »Morgen ab vierzehn Uhr ist sie da.«

»Entschuldigen Sie, wenn ich Ihr Privatgespräch störe, aber vielleicht …« Mehr brauchte ich nicht zu sagen.

»Ich muss Schluss machen.« Das Handy landete krachend auf der Theke. »Was wollen Sie?«

»Den Kranz.«

Fünf Minuten später hielt ich, den Kranz vor der Brust wie ein Kellner ein Tablett, auf die Apotheke zu. Das Mädchen hatte sogar noch eine frische grüne Kerze gefunden, diese aufgesteckt und ihr privates Telefonat erst wieder aufgenommen, als ich die Scheine über die Theke schob.

»Äh, puh, die Schlampe is doch wohl total durch'n Wind«, wehten mir ihre Worte als Abschiedsgruß hinterher und vermischten sich mit den Klängen von ›Süßer die Glocken nie klingen‹. Als ich schließlich bei der Apotheke ankam, war sie bereits geschlossen. Ich schob die Schuld sofort auf das Energiebündel am Filzstand. Sie war verantwortlich dafür, dass ich nun die ganze Nacht Zeit hatte, mir die richtigen Begleitworte für die Überreichung des Kranzes zu überlegen.

In den nächsten Stunden ging ich alle Möglichkeiten von lässig-nebensächlich bis zu feierlich-tragend durch und fühlte mich am Ende wie Gregorius von Hohenlinden, der hochgewachsene und stattliche Held aus ›Verirrungen der Liebe‹, einer früheren Arbeit für den Rosa-Verlag. Wie man sich denken kann, schlief ich kaum und schlecht in dieser Nacht, und ich verfluchte die Idee mit dem Kranz, in die ich mich durch den Widerstand des Energiebündels festgebissen hatte.

Was, wenn sie das Geschenk übertrieben fand?

Frauen wussten sicher, was so etwas kostete (im Gegensatz zu mir, der ich gezwungen gewesen war, zum nächsten Geldautomaten zu gehen, weil mein Hunderter nicht ausgereicht hatte). Vielleicht – und das wäre die denkbar schlimmste Variante – würde sie denken, ich erwartete eine Gegenleistung von ihr, vielleicht würde sie sich unter Druck gesetzt fühlen?

In diesen Nachtstunden manövrierte ich mich selbst in eine gedankliche Sackgasse, und am Morgen ging es mir so schlecht, dass ich das ganze Vorhaben am liebsten abgeblasen hätte. Aber dann hätte der Kranz in meiner Wohnung herumgestanden und mir zumindest stündlich meine Feigheit vor Augen geführt.

An jenem Morgen um zehn schlich ich wie ein geohrfeigter Galan, dem das Leben im Allgemeinen und die Umstände im Besonderen übel mitgespielt hatten, den Kranz vor mir haltend, die Treppe hinunter. Was, wenn der Laden voller Leute war, was, wenn sie wieder nicht da war? Ja, vielleicht ist sie gar nicht da, schoss es mir durch den Sinn, während ich mit dem Ellenbogen die Haustür aufdrückte und auf die Apotheke zusteuerte. Dann wäre ich gerettet.

Katharina

Schon ein halbes Jahr nach der Scheidung heiratete mein Vater unsere Nachbarin. Wahrscheinlich hatte sie schon länger in den Startlöchern gestanden, und vielleicht hatte Mutter das auch gewusst und sich deshalb um Vaters Zukunft keine Sorgen gemacht.

Mit den Geschenken für Hannelore gab ich mir immer besondere Mühe, auch wenn ich wusste, dass sie mich im Grunde auf den Tod nicht leiden konnte, schon damals nicht, als ich in ihrem Vorgarten die schönsten Frühlingssträuße gepflückt hatte. Und sie hatte es sich zur Gewohnheit werden lassen, mir jedes Jahr am 22. Dezember ein Päckchen zu schicken, in dem sich entweder ein Paar Topflappen, ein Kochbuch vom Buchclub oder Geschirrhandtücher mit kindlichen Tiermotiven befanden. Wahrscheinlich wollte sie damit ihre hausfrauliche Überlegenheit über mein steriles Apothekerinnendasein demonstrieren.

Ein paar Jahre nach Hannelores und Vaters

Hochzeit machte ich den Fehler, Heiligabend mit ihnen zu verbringen. Punkt achtzehn Uhr wurde unter dem Weihnachtsbaum beschert, und ich konnte meine Topflappen in jenem Jahr persönlich entgegennehmen. Als wir um zwanzig Uhr vor dem Fernseher landeten und die ›Tagesschau‹ schauten, glaubte ich zunächst, ein Déjà-vu-Erlebnis zu haben; ich fand mich in einer unangenehmen, aber vertrauten Szene wieder: dem Weihnachten meiner Kindheit. Dass ein Teil der Besetzung inzwischen gewechselt hatte, machte nichts aus, da es sich nicht um Sprechrollen handelte. Die einzige Anforderung an die drei Darsteller war, auf dem Sofa zu sitzen und recht überzeugend nebeneinander zu schweigen. Bis kurz vor neun hatte ich zwei Gläser Burgunder geleert (aus dem Römer, versteht sich), und als Hannelore zu Vater sagte: »Gib doch ma die Erdnussflips rüber«, wusste ich, dass es Zeit war zu gehen. Mit einer undeutlich gemurmelten Ausrede verabschiedete ich mich überstürzt.

Noch heute sehe ich die beiden auf dem Sofa sitzen, meinen übertölpelt wirkenden Vater neben der säuerlich dreinblickenden Hannelore, und im Wohnzimmerfenster blinkte der Leuchtstern unablässig weiter. Noch von draußen auf der Straße beobachtete ich den ewig gleichen

Wechsel von Rot zu Grün und von Grün zu Blau und wieder zu Rot und ließ diesen letzten weihnachtlichen Gruß mit einem wohligen Schaudern hinter mir.

Sami

Mein Eintreten wurde vom Klang der Ladenglocke begleitet, die dieses Mal schriller und lauter tönte, fast wie ein Alarm. Als ich vor der Theke stand, fühlte ich mich wieder wie Gregorius von Hohenlinden, und ich hörte ein helles »Ich komme gleich« von hinter dem Regal. Wenig später stand die kokette Blonde vor mir und sah von dem Kranz in mein Gesicht und wieder zurück.

»Ist … die Apothekerin da?« Ich wusste noch nicht einmal ihren Namen.

»Sie wollen zu Frau Lichtblau?«

Ich zögerte. Ich wollte zur Mohnblüte, Lichtblau hörte sich aber auch gut an. Auf gut Glück nickte ich. »Ist sie denn nicht da?« Ich wusste nicht, ob ich enttäuscht oder erlöst sein sollte.

»Doch, doch. Katharina, kommst du mal?«

Und um die Ecke bog die Mohnblüte, so klein und rotwangig, wie ich sie in Erinnerung hatte. Ich brachte ein schwerfälliges »Ja, hallooo!« heraus und sah, wie die Mohnblüte schluckte.

»Was kann ich für Sie tun?«, fragte sie förmlich.

Ich stellte den Kranz vor mir ab, nestelte in meiner Tasche und zog das Tütchen heraus, schüttete die winzigen Körnchen auf meinen Handteller und streckte sie der Mohnblüte hin. Mit Daumen und Zeigefinger griff sie danach, schnupperte. Dann sagte sie: »Anis.«

»Ah.«

»Ist zum Beispiel in Ouzo oder Raki.«

»Hm.« Rechts von mir spürte ich den neugierigen Blick der Koketten.

»Auch in Pernot. Ist ja nicht jedermanns Sache.«

Ich nickte ein wenig mechanisch, wie ich fand, und rang nach passenden Worten, um den Kranz zu überreichen. Die Kokette glotzte immer noch. Ich warf ihr einen ärgerlichen Blick zu, aber sie ließ sich nicht beirren. Ich überlegte noch und hörte mich schon fragen: »Und … äh … wozu ist Anis gut?«

»Na ja … Anis ist krampflösend und stärkt den Magen, beruhigt, wirkt harntreibend, äh … hilft bei Verdauungsbeschwerden, aber auch bei Migräne und Schwindel.«

Jetzt sah die Kokette die Mohnblüte an, interessiert und irgendwie auch überrascht. Offenbar war sie, wie ich, beeindruckt von deren Wissen.

Von wegen, Apotheker verteilen nur Marcomar und Penicillin.

»… zu den Doldenblütengewächsen. Die bodennahen Blätter sind fast rund oder eiförmig, haben einen gezahnten Rand. Die Dolden tragen unzählige weiße, aber auch rosafarbene Blüten, aus denen sich das Aniskorn – der Samen – entwickelt.«

»Ich wusste gar nicht, dass du dich mit Gewürzen so gut auskennst. Ein wandelndes Lexikon.«

Die Kokette stand jetzt ganz nah neben mir. Wenn sie nur endlich wegginge! Wie sollte ich die richtigen Worte finden, wenn jemand zuhörte. Noch dazu jemand mit Ohren so groß wie Rhabarberblätter. Ich wartete noch einen Moment, vielleicht in der Hoffnung, die Kokette würde sich in Luft auflösen. Weil das aber nicht geschah, räusperte ich mich und sagte ein wenig zu getragen: »Ich habe Ihnen eine Kleinigkeit mitgebracht. Und da ich gesehen habe, dass Sie … noch keinen Adventskranz haben …«

Die Kokette kicherte und bestätigte einmal mehr das Bild, das ich von ihr hatte. Die Mohnblüte machte ihrem Spitznamen alle Ehre und errötete. Und ich machte es ihr nach.

»Danke …« Sie hielt den Blick gesenkt. »So einen schönen hatte ich ja noch nie!«

Katharina

»Weißt du überhaupt, was so ein Kranz *kostet?*«

Ruths Stimme klang alarmiert, beinahe schrill. So als hätte ich mich in irgendeiner Form strafbar gemacht und weigerte mich nun, die Schuld auf mich zu nehmen. Ich begann, einen Karton Vichy-Produkte ins Regal einzuordnen. Ruth kam hinter mir her und blieb neben mir stehen.

»*Mindestens hundertfünfzig.*«

»Die Liftingcremes müssen auf Augenhöhe platziert werden«, murmelte ich und tauschte die Cremepackungen aus.

»Und woher kennst du den überhaupt?« Ruth klang beleidigt, nach gerechtfertigter Empörung. Wenn in dieser Apotheke jemand den Männern zuwinkerte, dann war das schließlich sie. Fünfzehn Jahre jünger, Minirock unter dem Kittel, blond. Natürlich hatte es hin und wieder einen hartnäckigen Rentner gegeben, der es beim Schäkern auf mich abgesehen hatte, aber für die jüngeren und attraktiven Männer war bisher eindeutig Ruth zuständig gewesen. Vielleicht lag das aber auch nicht ausschließlich an Alter und Haarfarbe; ich machte mir einfach nichts aus Flirten, wahrscheinlich konnte ich es noch nicht einmal buchstabieren. Und nun der Kranz, von einem Mann, der aussah – ja, wie? Ich überlegte. Irgendwie exotisch, vielleicht am ehesten wie ein Indianer.

An diesem Abend nahm ich den Kranz mit in meine Wohnung, die sich im selben Gebäude wie die Apotheke befand. Das Haus war alt, hatte Charme, war aber in ausreichend gutem Zustand, so dass sich die Mieter für die nächsten Jahre keine Sorgen zu machen brauchten: Es war frei von bösen Überraschungen wie durchgefaultem Gebälk oder mit Schimmelblüten übersäten Wänden. Meine Wohnung lag im obersten Stock unterm Dach, sie war hell und hatte ein Oberlicht im Schlafzimmer. An Regentagen weckte mich das freundliche Ticken unzähliger Regenfinger, und an den Abenden hüllte mich das monotone Rauschen in meine eigene Welt, in der es nur mich gab, mein warmes Federbett und den Regen.

An jenem Abend trug ich den Kranz in mein Schlafzimmer und platzierte ihn dort auf dem runden Tisch. Ich zündete eine der dicken grünen Kerzen an, entfachte ein Feuer im Kachelofen und machte es mir mit einer Mahlzeit im Bett bequem. Ich las in dem Gewürzbuch und grübelte darüber nach, was ich tun konnte, um mich bei dem Gewürzmann, wie ich den seltsamen Mann mit dem indianischen Gesicht nannte, für das Geschenk zu revanchieren. Als ich nach Stunden das Licht löschte, lag ich noch lange wach und lauschte dem Knistern der Glut im Ofen, umweht von einem leisen Duft nach Nelken und Zimt.

Am nächsten Tag entschuldigte ich mich bei Ruth und überließ ihr die Geschicke der Apotheke, nicht ohne den Kranz zuvor neben der Kasse platziert zu haben. Als ich den Laden verließ, meinte ich, ihren ungläubigen Blick im Rücken zu spüren.

Die Regenwolken vom Vortag waren weggewischt und der Morgen war sonnig, aber kalt, und der Himmel wie aus blauem Glas. Splitt knirschte unter meinen Stiefeln und die Kälte prickelte auf meinem Gesicht. Ich schritt rasch aus, rascher, als ich sonst ging, und es dauerte keine Viertelstunde, bis ich in die staubige und bücherschwere Luft des Antiquariats eintauchte. Diesmal kaufte ich alles, was mit Gewürzen zu tun hatte, und ein Rezeptbuch für Weihnachtsgebäck. Auf dem Rückweg machte ich beim

Supermarkt Halt und kaufte alle Zutaten, die man für Zimtsterne benötigte. Noch bevor ich in meine Straße einbog, wehten die Takte eines Weihnachtslieds um die Ecke, und ein paar Sekunden lang erahnte ich etwas, das wie ein Zauber war, doch hätte ich nicht zu sagen gewusst, weshalb.

Ich betrat das Haus durch den Hintereingang, Ruths neugierige Blicke vermeidend, und trug die braune Papiertüte unverzüglich in den vierten Stock. Die Zimtsterne sollten unbedingt fertig sein, bevor der Gewürzmann das nächste Mal in die Apotheke käme. Ich hatte noch nie Plätzchen gebacken und freute mich auf das Experiment. Ich holte Mehl, Zucker, Zimt, Eier aus der Tüte und ordnete alles nebeneinander auf der Arbeitsfläche an. Ich musste eine Weile suchen, bis ich die Küchenwaage ausfindig gemacht hatte, aber schließlich fand ich sie in einem der Oberschränke ganz hinten.

Am Ende waren die Plätzchen klein, hässlich und verkrumpelt. Hätte das Rezeptbuch, in dem deutlich die Überschrift ›Leckere Zimtsterne‹ zu erkennen war, nicht aufgeschlagen vor mir gelegen, ich hätte nicht gewagt, zwischen diesen armseligen Gebilden und der Erinnerung an die säuberlichen Sternchen in der Keksdose meiner

Großmutter einen Zusammenhang herzustellen. Da mir meine Großmutter zwar nicht das Backen beigebracht (ich war an allem, was mit Küche zu tun hatte, mehr als nur desinteressiert), aber mein Bewusstsein dafür geschärft hatte, dass Lebensmittel wertvoll waren und man diese niemals wegwerfen durfte, drückte ich meine Sterne, so gut es ging, mit den Fingerkuppen zurecht und schob sie in den Ofen.

»Wie du riechst!« Ruth warf ihren Kopf demonstrativ in den Nacken und schnupperte wie ein Hund, der eine Fährte aufgenommen hatte. »Wenn ich es nicht besser wüsste, würde ich meinen, du hättest … Aber das ist ja zu absurd.« Sie schüttelte den Kopf und fuhr fort, Lindenblüten für eine Teemischung abzuwiegen.

Von meinem missglückten Backversuch wollte ich ihr nicht berichten, dann hätte ich ihr auch erklären müssen, zu welchem Zweck ich diesen Versuch unternommen hatte. Ich seufzte, zog meinen weißen Kittel über. Jetzt war ich gezwungen, mir eine andere Aufmerksamkeit für den Gewürzmann auszudenken. Aber welche?

Sami

Während der nächsten zwei Tage arbeitete ich wie besessen, verfasste eine ganze Reihe von Haikus und spielte mit dem Gedanken, wieder »etwas Richtiges« zu schreiben. Vielleicht den Roman, von dem ich so lange nur fantasiert, für den mir aber bisher der Mut gefehlt hatte. Oder – je nachdem, wie man es sehen wollte – auch die Zeit. Immerhin musste ich mich ranhalten, meinen Lebensunterhalt zu verdienen, was sich aufgrund des in den letzten Jahren um ein Drittel geschrumpften Romanheftemarktes nicht unbedingt einfach gestaltete. Ich wollte den Stand, den ich mir als Tamara Sommerblum erarbeitet hatte, um jeden Preis halten, und das bedeutete in erster Linie Disziplin und Pünktlichkeit. So absurd es klang: Die Konkurrenz stand vor der Tür Schlange. In Momenten der Muße fragte ich mich natürlich, ob ich bis ans Ende meines Autorendaseins Tamara Sommerblum sein wollte.

Es war inzwischen Jahre her, dass Jan und Uli,

meine beiden Freunde (mehr hatte ich nicht), mich gefragt hatten, wann mein nächstes Buch herauskomme, wann mein Roman fertiggestellt sei. Ich wusste nicht, was sie gedacht hatten, aber ich wagte zu behaupten, dass sie tatsächlich angenommen hatten, ich würde immer noch von meinem Jahre zuvor erschienenen Erzählband leben. Dass ich Tamara Sommerblum war, wussten sie nicht. Ich hatte es ihnen nie erzählt, warum auch? Jan war Automechaniker und hätte wahrscheinlich noch nicht einmal einen Unterschied festgestellt. Und Uli hätte sich kaputtgelacht.

Als ich an jenem Tag durch die Straßen ging, fällte ich eine Enscheidung: Wenn heute wieder ein Gläschen auf dem Grab stünde, würde ich morgen mit meinem Roman beginnen.

Je näher ich dem Friedhof kam, desto langsamer ging ich, und ich meinte, ein leises Summen in meinem Kopf zu spüren. Worüber um Himmels willen sollte ich schreiben? Was für Geschichten gab es noch – außer dem Schicksal alleinerziehender Mütter, das sich dank eines wohlhabenden und attraktiven Mannes zum Besten wandte? War ich überhaupt noch in der Lage, einen Text zu verfassen, der nicht zur Hälfte aus Adjektiven bestand?

Ich öffnete die Friedhofspforte. Wie immer

quietschte sie leise und wie immer war ich in diesem Teil des Friedhofs allein. Auf einmal wünschte ich mir nichts sehnlicher, als eine leere Grabplatte vorzufinden, blank und säuberlich, ohne ein einziges Glas und nur mit den Steinen besetzt, die ich bei meinen jeweiligen Besuchen daraufgelegt hatte. Aber es kam anders.

Schon von Weitem sah ich es: das Gläschen, das vor zwei Tagen noch nicht dort gestanden hatte. Ich drehte den Deckel auf, und mir schlug ein starker, orientalisch anmutender Duft entgegen, der in meiner Nasenwurzel kitzelte. In dem Moment wusste ich zwei Dinge: Morgen würde ich mit meinem Roman beginnen. Und ich hatte wieder einen Vorwand, die Mohnblüte zu sehen.

»Kardamom«, entschied sie nach kurzem Zögern, zog eine Schublade auf und legte mir ein paar braune, holzartige Samen in die Hand.

»So sehen die aus?«

Die Mohnblüte nickte, diesmal ohne rot zu werden.

»Gehört zur Familie der Ingwergewächse. Allerdings …«, sie lächelte, beinahe verschmitzt, »wird vom Kardamom die Frucht verwendet und nicht der Wurzelstock.«

»Ah.«

»Wirkt antiseptisch, krampflösend, anregend. Findet man bei uns vor allem im Lebkuchengewürz.«

Ihre Stimme war wie Musik, ich konzentrierte mich auf ihren Klang, als mir plötzlich bewusst wurde, dass ich irgendetwas entgegnen sollte. Auf die Schnelle fiel mir nichts Besseres ein als ein langgezogenes »Jaaa?«

Die Mohnblüte schienen meine tumben Einwürfe nicht zu irritieren. Im Gegenteil, sie war ganz in ihrem Element und bei dem, was sie sagte. Während ich darüber nachdachte, wie ich das Gespräch ein wenig in die Länge ziehen konnte, hörte ich Worte an mir vorüberrauschen, *Campesterol, Stigmasterol, Beta-Sitosterol.* Verwirrt nickte ich, und nachdem die Mohnblüte verstummt war, bedankte ich mich artig und ging langsam zur Tür.

In der Hoffnung, irgendetwas möge geschehen, hörte ich sie tatsächlich sagen: »Ich ... der Kranz«, und sie deutete auf den Gewürzkranz, den sie neben der Kasse platziert hatte.

»Ja?«

»Er ist ... wunderschön ... aber ...« Wieder eine Pause, in der sie mit sich zu ringen schien, »aber doch ein viel zu wertvolles Geschenk.«

»Sie haben mir sehr geholfen, helfen mir sehr.«

»Was tue ich denn?«

»Sie teilen Ihr Wissen mit mir. Ihr Wissen über Gewürze, das schier unbegrenzt scheint.«

Jetzt errötete sie. »Darf ich Sie einladen … zu einem orientalischen Essen vielleicht?«, fragte sie hastig als hätte sie es plötzlich eilig.

Nun war es an mir zu erröten. Wir waren wie zwei tugendhafte Damen aus der Historienreihe des Rosa-Verlages.

»Ja, gern«, stammelte ich.

»Fein«, flüsterte sie heiser. »Ich heiße übrigens Katharina Lichtblau.«

»Ich bin Sami.«

Katharina Lichtblau führte mich in ein syrisches Restaurant. Wir wurden gebeten, die Schuhe auszuziehen, und ich war froh, dass ich mich an diesem Abend für das einzige Paar Socken ohne Löcher entschieden hatte. Wahrscheinlich hatte ich so etwas befürchtet.

Die meisten Menschen denken, ich fühle mich in einer exotischen Atmosphäre zu Hause. Das muss an meinem Äußeren liegen. Türken sprechen mich auf Türkisch an, Kurden halten mich für einen der Ihren. Ein Libanese beharrte einmal darauf, dass ich sein totgeglaubter Cousin sei, der bei einem Bombenangriff auf sein Wohnhaus ums Leben gekommen, dessen Leiche aber nie gefunden worden war. Hin und wieder kommt es vor, dass man mir eine indianische Herkunft andichtet. Dabei bin ich in einem Kinderheim in Bottrop aufgewachsen, habe Germanistik in Köln studiert, und die einzige Sprache, die ich wirklich beherrsche, ist Deutsch.

Von einem Syrer, der mich mit einem vielsagenden Blick beäugte (»Du bist einer von uns«), wurden wir an einen Tisch im hinteren Teil des Restaurants geführt und gebeten, auf dem Teppich Platz zu nehmen. Auch an den Wänden hingen Teppiche, von denen Engel und Weihnachtsmänner herabbaumelten. In einem Regal standen ziselierte Tabletts aus Messing und auf dem Tisch ein Adventsgesteck mit einer dicken roten Kerze und Tannengrün. Während sich mein Blick in ein rätselhaftes Gebilde an der Wand verhakte, nestelte die Mohnblüte in ihrer Tasche und zog etwas heraus, das sie vor mir auf den Tisch stellte.

»Hier«, hörte ich sie sagen. Das Päckchen war in Geschenkpapier gewickelt, auf dem lauter Gewürze abgebildet waren. »Das ist für Sie.«

Vorsichtig löste ich den Tesafilm und schlug das Papier auf. Zum Vorschein kam ein Mokkakännchen und eine Packung Kaffee, der seltsam roch.

»Arabischer Kaffee mit Kardamom«, sagte die

Mohnblüte so leise, dass ich ihre Worte mehr erriet als hörte, und sie zupfte eine Tannennadel aus dem Gesteck, hielt sie in die Kerzenflamme und beobachtete, wie sie aufflammte und knisternd verglühte.

»Das ist ein ganz tolles Geschenk«, sagte ich etwas lahm und fragte mich, wie um alles in der Welt man damit Kaffee kochte. Wahrscheinlich hielt sie mich aufgrund meines Äußeren für exotisch und weltoffen. Dabei trank ich – und das ist noch heute so – am liebsten Filterkaffee, den ich mir von Hand aufbrühte. Ich mochte auch keinen Cappuccino, Latte Macchiato oder anderen Firlefanz. Und zum Frühstück aß ich am liebsten eine Butterstulle mit einem weichgekochten Ei.

Der syrische Kellner kam, platzierte vor uns einen Korb mit Fladenbrot und eine Schüssel mit einer gelben Paste, die wir nicht bestellt hatten, und wandte sich an mich, auf Arabisch. Die einzigen arabischen Worte, die ich neben *Alhamdu Lillah* beherrschte, waren *Mafi Masout,* was ich eines Winters von einem arabischen WG-Genossen gelernt hatte, als die Heizung ausgefallen war, und was so viel bedeutete wie »kein Heizöl«.

»Hommos«, sagte die Mohnblüte in mein hilfloses Lächeln hinein, nickte dem Kellner zu, griff sich einen Fladen, rupfte sich ein großes Stück ab, formte es zu einer Art Kelle und tunkte den Fladenlöffel in den gelben Brei. Als ich nicht reagierte, drückte sie mir ebenfalls einen Fladen in die Hand. Ich zögerte nur kurz, bevor ich mich der gelben Masse näherte. Was Essen angeht, bin ich nicht besonders experimentierfreudig; am liebsten esse ich Buletten mit Kartoffelsalat oder Wiener Schnitzel mit Pommes. Ich fühlte Katharinas Blick auf mir.

Na ja, dachte ich, in meinem Badschränkchen liegen ja noch Kohletabletten. Ich musste die Augen unwillkürlich aufreißen – es schmeckte gut!

Beim Couscous fragte mich die Mohnblüte: »Ich will nicht neugierig erscheinen, aber verraten Sie mir, was es mit den Gewürzen auf sich hat, die Sie mir gebracht haben?«

Ich nahm noch einen Löffel Couscous.

»Aber das habe ich doch bereits. Ich habe sie von einem Grab.«

»Von einem Grab?«

»Ja, von einem Grab.«

Fleischbällchen kamen und wir halfen ihnen, wieder zu verschwinden, desgleichen gegrillte Auberginen, Tomaten und Salate, und in den Kaupausen erzählte ich Katharina die ganze Geschichte, die sie mit runden Augen verfolgte.

Als wir alles aufgegessen hatten und nichts mehr nachkam, begann Katharina erneut, Tannennadeln aus dem Gesteck zu zupfen und in die Flamme zu halten. Unsere Unterhaltung wurde immer lebhafter, und am Ende überboten wir uns gegenseitig mit den wildesten Vermutungen und schmiedeten Pläne: Wir würden das Geheimnis lüften!

Auf dem Nachhauseweg schritten wir unter den elektrischen Weihnachtssternen hinweg, vorbei an Lichterketten in Schaufenstern und Bäumen, in denen rot leuchtende Herzen und Schneemänner hingen. Vor der Apotheke blieben wir noch lange stehen und redeten. Die Buden des Weihnachtsmarktes waren mit Brettern verrammelt und es waren nur noch wenige Leute unterwegs. Am Schluss gaben wir uns die Hand, wie zwei altmodische Kinder, die eine Bande gegründet hatten. Vielleicht auch deshalb, weil wir nicht wussten, was wir sonst hätten tun sollen. Und so verschwand die Mohnblüte in der Haustür rechts neben der Apotheke und ich links davon.

Katharina

Für Ruth gab es im Leben nur zwei Kategorien: guten und schlechten Sex, was sie schlicht als S+ und S- bezeichnete. Das und ihre darüber hinaus ziemlich eingeschränkte Sicht auf die Dinge – speziell auf die Dinge, die zwischen einem Mann und einer Frau geschehen oder nicht geschehen konnten – ließen mich schweigen wie ein Grab.

Am Anfang ihrer Tätigkeit in der Apotheke hatte Ruth mich oft mit ihren Männergeschichten beglückt, die sie stets in Kategorie eins (S+) oder sechs (S-) einordnete; Zwischennoten gab es nicht. Das und die Anwendung der »Attraktivitätsskala« (eins bis zehn – »Letzte Nacht war ich mit einer Neun zusammen!«) hatte mich derart befremdet, dass ich mich nach zwei Wochen gezwungen sah, mich bei ihr zu erkundigen, was genau das eigentlich sei, S+ und S-, und ob es dabei hauptsächlich um Leibesübungen nach Turnvater Jahn ging. Seitdem erzählte sie nichts mehr aus ihrem Liebesleben. Und ich wollte auch nicht Ruths Meinung zu meinem hören. Schließlich hatte ich nach einer Verabredung mit einem Mann weder S+ noch S- vorzuweisen, und vermutlich hätte Ruth befürchtet – und sich nicht entblödet, diese Befürchtung in Worte zu kleiden –, dass *etwas* nicht in Ordnung sei (mit ihm oder mit mir, wahrscheinlich Letzteres).

Ich erinnere mich noch heute lebhaft daran, wie ich jeden Abend heimlich den Gewürzkranz in meine Wohnung schleppte, um ihn frühmorgens wieder auf der Theke zu platzieren. Ich wollte ihn jede Minute um mich haben.

In jener Nacht schlief ich schlecht, und am frühen Morgen holte ich mir einen Kaffee, machte Feuer in meinem Kachelofen, einem alten Grundofen aus dem Jugendstil, der zwar langsam anheizte, aber nach drei bis vier Stunden eine solche Wärme zu verbreiten begann, dass man die äußere Kleidungsschicht abstreifte und nach weiteren Stunden unweigerlich in Unterhose und Unterhemd dasaß.

Ich heizte also den Ofen an und setzte mich mit meinem Kaffee an den Computer. Ich suchte nach Einträgen über Gewürze, nach Hinweisen auf geheimnisvolle Rituale in Zusammenhang mit einem Grab, aber ich fand nichts.

An diesem Tag – es war bereits später Nachmittag und ich hatte so manches Gespräch über Erkältungskrankheiten hinter mich gebracht – legte ich die Geschicke der Apotheke erneut in Ruths Hände, entschuldigte mich und schlug den vertrauten Weg am Mühlenbach entlang ein.

Der Antiquar lächelte mir mit den Augen zu, sein krauslockiges Haar stand wie ein grauer Heiligenschein um seinen Kopf, er schleppte schweigend einen Stapel Bücher herbei und legte ihn auf den Tisch, auf dem er besondere Exponate präsentierte. Ich blätterte die Bücher grob durch, nickte und fragte: »Haben Sie schon einmal von einem Ritual gehört, bei dem man Gläser mit Gewürzen auf ein Grab stellt?«

Langsam schüttelte er den Kopf, sein Lächeln war verschwunden.

»So ein Buch suche ich, über Gewürze und Rituale.«

Er griff nach einem Bleistiftstummel, kritzelte ein paar Wörter auf einen Block, wobei er sich tief hinunterbeugte. (Offenbar war er noch kurzsichtiger als ich.)

Er blinzelte. »Ich werde danach Ausschau halten«, verkündete er feierlich. Ich bezahlte die Bücher und verließ den Laden. An der Apotheke schlich ich auf Zehenspitzen vorbei und steuerte den Hintereingang an. Unglücklicherweise stand Ruth in dem Moment am Fenster unserer Giftküche.

»Das ist ja allerhand«, schnauzte sie, und als ihr Blick den Stapel Bücher in meinem Arm streifte, legte sich ein wissender Glanz auf ihr Gesicht. »Daher weht also der Wind!«

»Wenn du auch nur eine Andeutung machst, verrate ich dem alten Jahnke deine Adresse.«

Mit diesen Worten zog ich an ihr vorbei, hocherhobenen Hauptes, ohne mich noch einmal nach ihr umzusehen.

Sami

Obgleich ich ein vom Pech Verfolgter war, versuchte ich das Beste aus meinem Leben zu machen. Das war nicht leicht, zumal über allem die Gewissheit schwebte, dass mich schon meine Mutter nicht hatte haben wollen und kurzerhand in die Babyklappe steckte. Im Kinderheim ging es so weiter, und immer, wenn der eine oder die andere adoptiert wurde, fragten die Verbliebenen sich – zu denen ich bis zum Schluss zählte –, warum sie nicht auch eine Familie bekamen. Nicht einmal eine Pflegefamilie hatte mich haben wollen. Das war das eine. Und nur weil ich in meiner Magisterarbeit die Trivialliteratur thematisiert hatte, steckte ich nun selbst bis zum Hals darin fest, statt gute oder wenigstens mittelmäßige Literatur zu produzieren. Das war das andere.

Aber damit war es nicht genug. Wenn auf einer breiten Straße eine fiese Glasscherbe mit der scharfen Seite nach oben lag, so fand ich sie, um darüberzufahren. Wenn ich im Winter in einem

Hotel übernachtete, so fiel für diese eine Nacht die Heizung aus. Und wenn ich mich an einem sommerlichen Frühlingsmorgen leicht und luftig kleidete, um einen langen Spaziergang zu machen, so schlug das Wetter gewöhnlich dann um, wenn ich mich an der am weitesten entfernten Stelle befand. Diesem ungeschriebenen Gesetz folgend regnete es an jenem Samstag, dem 16. Dezember, in Strömen. Aber nur am Vormittag.

Katharina und ich hatten beschlossen, uns die Schicht zu teilen. Ich übernahm die Zeit von fünf Uhr an, sie würde mich mittags ablösen und bis sieben Uhr abends die Stellung halten.

Als ich mich im Dunkeln mit einem Schirm über mir in jenen Teil des Friedhofs begab, fühlte ich mich albern, doch ich unterdrückte das Gefühl; ein Plan war schließlich ein Plan. Und *so* lächerlich war das Ganze ja auch nicht. Irgendwer hatte die Gläschen schließlich dort deponiert, auf dem Grab eines Namenlosen, in einem vergessenen Teil des Friedhofs. Eigentlich – und im Gegensatz zu meiner persönlichen Glücksstatistik – rechnete ich damit, die Person rasch zu stellen, und aus diesem Grund hatte ich mich für das Unterfangen zu leicht gekleidet. Ich fror.

Ich fror, als das erste Grau durch die dichten Bäume sickerte und die Konturen der Gräber aus dem Schwarz herauszumeißeln begann. Ich fror, als meine Zehen zunächst nass und dann steif wurden. Und ich fror immer noch, als gegen halb zwölf eine fahle und kraftlose Wintersonne die Regenwolken verdrängte und die Mohnblüte mich ablöste, mit vor Aufregung lichtblauem Glitzern im Blick und Wangen, die an sonnengereifte Pfirsiche denken ließen. Eine Weile lang leistete ich ihr Gesellschaft, wobei wir darauf achteten, uns hinter einer Eibe zu halten, um dem Gewürztreiben auf keinen Fall im Wege zu stehen. Als ich mich verabschiedete, waren auch meine Finger steif und die Zehen taub.

Gegen sieben Uhr abends erreichte mich ihr Anruf: Auch die Mohnblüte hatte den geheimnisvollen Boten nicht zu Gesicht bekommen, und nachdem wir eine Stunde telefoniert hatten, sagte sie, auf der Straße unter ihr werde nun schon zum dritten Mal ›Jingle Bells‹ gespielt, und ich erwiderte »Bei mir auch«. Fünf Minuten später trafen wir uns am Glühweinstand, der mit Bildern von Heinz Rühmann tapeziert war, und bestellten zunächst eine Feuerzangenbowle, später Punsch und Glühwein. Als wir uns schließlich kichernd voneinander verabschiedeten, waren wir beim Du angelangt.

In der Nacht schlief ich leicht, und im Traum

schwebte ich über einem blühenden Mohnfeld, das kein Ende zu nehmen schien und Hügel und Täler bedeckte. Die Welt unter mir stand in Flammen, und als ich aufwachte, wusste ich mit einem Mal, an wen die Mohnblüte mich erinnerte: Irgendwo in der Toskana gab es eine kleine Kirche, und in dieser Kirche hing das Bild einer mittelalterlichen Madonna, und das war sie.

Katharina

Am Sonntag kam ich wenigstens nicht in Verlegenheit, mich vor Ruth rechtfertigen zu müssen. Kein Sonntagsdienst, ich war frei.

Am Tag zuvor hatte Mutter aus Kalabrien auf den Anrufbeantworter gesprochen: Sie stand an der Autostrada del Sole und wartete auf den Pannendienst; ihr Truck gab keinen Muckser mehr von sich. So hielt sie die Gelegenheit für gekommen, mir zu sagen, dass sie an Weihnachten eine Tour in die Türkei machen und Heiligabend wie gewohnt auf der Autobahn verbringen würde. Sie klang zufrieden, und sie fragte mich, ob ich nicht Lust hätte mitzufahren.

Am Sonntag um vier Uhr – ich saß noch im Bett, einen ungewöhnlich starken und ungewöhnlich großen Kaffee in Händen – dachte ich über diese Möglichkeit nach. Heiligabend auf einem türkischen Brummiparkplatz war nicht unbedingt das, was ich mir erträumt hatte, aber vielleicht immer noch besser als allein die stummen Wände anzustarren. Zu Vater und Hannelore würde ich jedenfalls nicht gehen; zwischen Sofakissen zu sitzen, die exakt mittig eine Falte aufwiesen, den Römer mit Spätburgunder in der Hand, und als Highlight die Weihnachtsansprache der Bundeskanzlerin im Fernsehen anzuschauen, hätte ich nicht verkraftet. Oder nur, wenn ich Hannelore den Spätburgunder über den Kopf hätte schütten dürfen.

Der Regen rauschte aufs Oberlicht, ich zündete die grüne und die pinkfarbene Kerze am Gewürzkranz an, löschte mein Nachttischlicht und saß noch eine Weile so da, lauschte den Tropfen und betrachtete die Schatten der Kerzen an der Wand. Nein, dachte ich, ich werde nicht fortfahren. Ich werde mich hier einigeln, die Kerzen am Kranz anzünden, alle vier, und es mir gemütlich machen, so gut es eben geht. Es musste doch möglich sein, einen Heiligabend zu Hause zu verbringen und trotzdem guten Mutes zu sein. Ich war inzwischen siebenunddreißig Jahre alt; irgendwann musste ich damit beginnen, diesen Abend in meinen eigenen vier Wänden zu verbringen. Bilder aus meiner Erinnerung zuckten auf: Weihnachten in Malaga, Palermo, Istanbul, Düsseldorf-Mettmann bei Vater und Hannelore.

Mir war ein wenig unbehaglich zumute, als ich in völliger Dunkelheit den Friedhof betrat und das einzige Geräusch das meiner eigenen Schritte im Kies war. In diesem Teil des Friedhofs brannte nur eine einzige Laterne, die die Szenerie in ein orangefarbenes Licht tauchte. Ich verlangsamte meinen Schritt und lauschte. Leise raschelten ein paar trockene Blätter. Am Abend vorher hatte ich die Atmosphäre hier als friedlich empfunden, doch jetzt spürte ich eine Beklemmung, die mein Herz zum Hämmern brachte. Sämtliche Krimis und anderer Unrat, den ich in meinem bisherigen Leben konsumiert hatte, drängten sich in mein Bewusstsein, und ich verfluchte die Momente, in denen ich nach dem nächsten Thriller gegriffen hatte, der arglose Frauen offenherzig über grauenhafte Serienmorde aufklärte. Und was war mit der Realität? Schließlich gab es diese schrecklichen Dinge! Ich stockte abermals. Doch was sollte ich Sami erzählen? Dass ich Bammel bekommen hatte, weil ich glaubte, Jack the Ripper hätte es auf mich abgesehen? Ich schüttelte unwillig den Kopf und schritt energisch aus. Das war ja alles zu lächerlich! Und so einen Unsinn konnte ich ihm wohl kaum auftischen.

Ich stellte mich wieder neben die große Eibe und begann zu warten. Bei jedem Knacken und Knistern, Rascheln und Rauschen fuhr ich zusammen, und meine Stirn und mein Rücken waren bald von einem Schweißfilm bedeckt. Ich begann die Dämmerung herbeizubeten, doch es war erst kurz nach halb sechs und sie würde noch auf sich warten lassen. Plötzlich hörte ich ein Geräusch, entfernt noch, undefinierbar. Was war das? Ich lauschte angestrengt, hielt den Atem an. Schritte, das waren Schritte, die immer lauter wurden. Schritte, die sich näherten! Ich blickte mich um, aber hinter mir herrschte vollkommene Dunkelheit. Während ich weiter in die Richtung starrte, aus der die Schritte kamen, zog ich mich tiefer hinter die Eibe zurück, geräusch- und atemlos. Das darf doch nicht wahr sein. Was tue ich hier? Worauf habe ich mich da eingelassen? Der Leichtsinn, der dieses Unterfangen auszeichnete, kam mir siedend heiß zu Bewusstsein. Und da sah ich sie: eine riesenhafte, schwarze Gestalt, die in den Lichtkegel der Laterne trat. Das war kein Mensch, das war ... Ich wusste es nicht. Ein Monster? Wie das Kaninchen die Schlange, starrte ich die dunkle Gestalt durch das Gezweig an, aber meine Brille war inzwischen beschlagen, sodass ich nichts mehr erkennen konnte. Ich schwankte zwischen dem Bedürfnis zu schreien, so laut ich konnte, und dem, mich hinzukauern, mich so klein wie möglich, am besten unsichtbar zu machen. Die Gestalt kam näher und näher, das konnte ich hören, sie hielt direkt auf mich zu. Ein letzter wilder Fluchtgedanke durchzuckte mich, ich wollte fortrennen, aber meine Füße waren wie taub. So stand ich da, in einem Alptraum gefangen, und konnte mich nicht rühren. Und gerade als ich glaubte, ohnmächtig zu werden, hörte ich eine vertraute Stimme sagen:

»Katharina? Bist du da?«

Sami.

Sami

Katharina hatte sich hinter der Eibe versteckt und ich erschrak, als ich ihre Stimme hörte, die dünn und völlig verängstigt klang: die Stimme eines Kindes. Als sie auftauchte und das Licht der Friedhofslaterne auf ihr Gesicht fiel, sah es so bleich aus und ihre Augen waren so groß, dass ich mich im ersten Moment fragte, ob es wirklich sie war – oder ihr Geist. Sie schwankte ein wenig, und ich trat auf sie zu und hielt sie fest.

»Ist dir nicht gut?«, fragte ich.

»Oh, doch, doch …« Ein Flüstern.

»Ich wollte dir Gesellschaft leisten.«

»Das ist nett.« Ein Krächzen.

»Ich hoffe, ich habe dich nicht erschreckt.«

»Oh, nein, nein. Ich hatte mich nur etwas zurückgezogen, weil ich glaubte …«

So verbrachten wir die frühen Morgenstunden gemeinsam und beobachteten den Tag, der die Nacht beiseiteschob. Gegen Mittag ging Katharina los und holte bei einem Schnellimbiss eine Kungfu-Suppe und gebratenen Reis, wir setzten uns auf das Grab und aßen schweigend. Auch den Rest des Tages verbrachten wir zusammen, hielten bei jedem Besucher, der die Grabreihen entlangging, den Atem an und unterhielten uns bis zum Abend mit Anekdoten aus unserem Leben. Die Gelegenheit, Katharina darüber aufzuklären, dass ich Tamara Sommerblum war, kam und verstrich ungenutzt wieder. Gegen Abend fror ich so erbärmlich, dass ich es kaum noch aushielt, hatte ich doch am Morgen nur rasch nach Katharina sehen wollen und mich mit meiner Kleiderwahl nicht auf einen längeren Aufenthalt im Freien eingerichtet.

Die Montagsschicht übernahm fast komplett ich, diesmal jedoch in Fellstiefeln, dreifacher Montur und mit zwei Thermoskannen ausgerüstet. Stunde um Stunde ging ich die Grabreihen auf und ab. In Katharinas Mittagspause saß ich zwei Stunden lang in einem Café herum, die Finger um eine Tasse Kakao geschlungen. Als der Tag den Abend berührte und die Dämmerung die Farben müde machte, goss ich mir den letzten lauwarmen Schluck Tee ein. Enttäuscht sah ich die Nebelschleier in den Zweigen hängen, regungslos in der Stille der Blauen Stunde.

Ich war gerade dabei, Kanne und Becher in meinem Rucksack zu verstauen, als ich langsame, ja schlurfende Schritte im Kies vernahm. Ich trat ein Stück zurück, kniff die Augen zusammen, reckte den Kopf ein wenig vor und starrte in die Richtung, aus der das Knirschen kam. Aus dem Nebel tauchte eine Gestalt auf, schwarz gekleidet, die sich mühsam zwischen den Grabreihen entlangbewegte. Im Näherkommen erkannte ich, dass es eine alte Frau war, die sich bei jedem Schritt auf einen Stock stützte. Wie gebannt sah ich, wie sie in einem Beutel nestelte, etwas herauszog und es umständlich vor sich auf der Grabplatte abstellte. Jetzt, da sie mit dem Rücken zu mir stand, huschte ich ein paar Bäume weiter in ihre Richtung und linste hinter einer Eibe zu ihr hinüber. Ich meinte ein Murmeln zu hören, das deutlicher wurde und mir zeigte, dass ich recht gehabt hatte: Sie sprach mit dem Grab, nein, mit dem Menschen, der dort den ewigen Traum träumte. Sie blieb in etwa eine Viertelstunde, und als ihre Gestalt eins wurde mit der Dunkelheit, hörte ich die Schritte sich langsam entfernen.

Jetzt war ich wie gebannt: Ich musste wissen, wer die Frau war, ich musste wissen, wo sie hinging, und letztlich musste ich wissen, was es mit den vielen Gläsern auf sich hatte. Also folgte ich ihr in einigem Abstand und sah sie zwei Straßen weiter in einem hohen und schmalen Stadthaus verschwinden. Im Vorübergehen sah ich das Licht angehen. An der Tür war kein Schild.

Ich rannte den ganzen Weg zurück, und als ich Katharina von meiner Entdeckung berichtete, konnte ich kaum sprechen, so außer Atem war ich. Gemeinsam gingen wir noch einmal zum Friedhof. Dieses Mal war es ein Glas mit zerstoßenem Muskat.

»Was tut sie da?«, fragte ich. »Ob sie nicht mehr bei Sinnen ist?«

Katharina lachte: »Und wir zwei?«

Wir überlegten, ob und wie wir weiter vorgehen sollten. Wir berieten, liebäugelten mit einem Gedanken, verwarfen ihn, nahmen den nächsten auf und schoben auch diesen wieder beiseite.

Schließlich sagte ich: »Sie kommt und stellt Gläser aufs Grab. Aber sie kommt nicht jeden Tag, nur hin und wieder.« Ich kramte meinen Kalender aus der Tasche, blätterte bis zum Dezember und erkannte ein Muster. »Sie kommt alle drei Tage. Sieben Gläser stehen auf dem Grab. Wenn es mit Weihnachten zu tun hat und sie den Rhythmus weiterverfolgt, dann wiederholt sie ihr Ritual noch zweimal …«, ich zeigte auf den 18., das heutige Datum, »… und zwar am 21. und 24.«

Katharina

»Ich hole dich ab, am 23., wie wär's?«, war Mutters erste Frage.

Ich zögerte. Ich konnte sie doch an Heiligabend nicht allein lassen.

»Hast du jemanden kennengelernt?« Das war die zweite.

»Na ja ...« Das konnte man so oder so sehen. Aber hätte sie Verständnis dafür gehabt, dass ich die Ereignisse auf einem Friedhof im Auge behalten musste? Sie hätte sich vielleicht Sorgen gemacht und mich als kauzig hingestellt. Und Sami als gefährlichen Irren. Ich erzählte es ihr trotzdem.

»Das ist doch wunderbar«, rief sie hocherfreut. Ich war verwundert. Und irritiert. Hatte am Ende immer sie mir einen Gefallen getan, wenn ich sie auf ihren Heiligabendtrips begleitet hatte? Wahrscheinlich hatte ich mir etwas vorgemacht, als ich geglaubt hatte, sie vor der Einsamkeit bewahren zu müssen. Das war ihre Welt, so wollte sie es und nicht anders. Sie war zwar allein, aber nicht einsam, es war ihr Weg und sie hatte ihn bewusst gewählt.

»Einsam war ich auf dem Sofa neben deinem Vater, wenn wir jeden Abend irgendeine dämliche Sendung geglotzt haben.« Das hatte sie mir einmal gesagt, und seitdem hatten wir das Thema nicht mehr berührt.

»Wann bist du zurück?«

»Am 28.«

»Hast du inzwischen ein ...«

»Nee, kein Handy. Brauch ich nicht.«

»Na, dann. Schick mir 'ne Karte von der Hagia Sophia.«

»Mach ich.«

»Und ... Frohe Weihnachten!«

In wenigen Tagen war Weihnachten, und ich hatte noch kein Geschenk für Ruth. Das Päckchen mit den Topflappen für Hannelore hatte ich bereits vor zwei Tagen auf die Post gebracht. Ich hatte ganz besonders scheußliche gleich auf dem Weihnachtsmarkt vor der Apotheke ergattert: in Gelb und Lila. In der Mittagspause fuhr ich in die Innenstadt und suchte ein Geschenk für Ruth. Ich wurde bald fündig und erstand einen sündhaft teuren, aber wunderschönen Schal und bummelte noch ein wenig über den Weihnachtsmarkt im Zentrum. Es duftete nach

Nelken und Zimt und ich ging immer der Nase nach, bis ich mich vor einem Stand mit Tee und Gewürzen wiederfand. Während ich den Blick über die hübschen kleinen Päckchen und Döschen gleiten ließ, wusste ich mit einem Mal, was ich tun würde.

Jetzt hatte ich es furchtbar eilig. Als ich in unsere Straße einbog, hielt ich direkt auf das Nebenhaus zu, und ohne groß zu überlegen, klingelte ich.

»Ja?« Klang Sami nicht ein wenig unwirsch? Vielleicht hätte ich ihn besser nicht stören sollen. Noch war es nicht zu spät, ich konnte einfach wieder weggehen. Einen Augenblick stand ich ratlos da, trat von einem Fuß auf den anderen.

»Ich bin's, Katharina Lichtblau.«

»Oh.«

Klang er nicht seltsam berührt, fühlte er sich belästigt? Inzwischen bereute ich es, ihn gestört zu haben. Immerhin war er Schriftsteller, und Schriftsteller mussten Ruhe haben, war es nicht so? Wahrscheinlich war er gerade dabei gewesen, einem besonders diffizilen Gedanken hinterherzujagen und ihn auszuformulieren, und nun kam ich. Doch da knisterte es bereits wieder in der Gegensprechanlage, Sami krächzte »vierter Stock« und der Türöffner summte.

Als ich die Treppe hochgeächzt kam, stand Sami schon in der Tür, in verwaschenen Jeans und T-Shirt, barfuß. Er sah sehr gut aus, tatsächlich irgendwie indianisch, und auf einmal kam ich mir lächerlich vor, eine skurrile kleine Frau, die Sami zwar nett fand und hilfsbereit, aber ansonsten sicher uninteressant. Sami wäre doch viel eher ein S+-Kandidat für Ruth gewesen. Ich schluckte. Aber das Lächeln, mit dem er mich empfing, strafte diesen Gedanken Lügen. Sein Lächeln sah so aus, wie ich mich fühlte: unsicher und ein wenig verlegen. Er trat zur Seite, ließ mich eintreten und sagte: »Ha... halloo!« Dann verstummte er wieder.

Ich sah mich um, nicht allzu auffällig, wie ich hoffte, wollte ich doch auf keinen Fall, dass er mich für neugierig hielt. Seine Wohnung war ein einziges großes Zimmer und hatte etwas von einer Studentenbude an sich: einer Studentenbude, die angefüllt war mit unzähligen Büchern. Sami wirkte immer noch gehemmt, was mir das Gefühl gab, ein Eindringling zu sein, und so fühlte auch ich mich gehemmt und wir standen ein wenig vertrottelt im Raum herum, er an einem Platz vor dem Bücherregal, den er auf keinen Fall aufzugeben gedachte, ich mitten im Zimmer.

»Tja«, sagte ich. »Ich wollte dir eigentlich nur

von einer Idee erzählen, die ich hatte. Aber ich wollte dich auch nicht stören. Du bist mitten in der Arbeit.« Auf einem Monitor blinkte der Cursor in einem Text, an dem er wohl gerade geschrieben hatte.

»Du störst überhaupt nicht,« sagte Sami und rührte sich nicht vom Fleck. Was war bloß mit ihm los?

»Ich kann später wiederkommen.« Am besten, ich komme gar nicht mehr. »Oder du rufst mich einfach an, wenn du fertiggeschrieben hast.«

Ich drehte mich um mich selbst, ließ die Arme baumeln, bewegte mich mit gespielter Langeweile durch den Raum und kam zufällig vor dem PC zu stehen. Mit einem gewaltigen Ausfallschritt trat Sami neben mich, aber ich war bereits dabei, den Satz auf dem Bildschirm zu lesen:

»Die junge Gräfin schüttelte ihre blonde Lockenmähne, sodass diese wie ein Wasserfall ihren Rücken hinunterregnete, griff mit ihren behandschuhten Händen nach der Gerte, schwang sich auf den schwarzglänzenden Rücken des edlen Rappen und ritt in wildem Galopp, ohne sich noch ein einziges Mal nach dem zur Salzsäule erstarrten Baron umzusehen, davon.«

Ich sah Sami an, Sami sah mich an, und dann

erst blickte ich hinüber zu der Stelle, an der Sami eben noch gestanden hatte: Das ganze Regal quoll über von Heftromanen, und ganz rechts lagen die von Tamara Sommerblum.

Sami

Am 21. Dezember stand ich zur Sicherheit schon in der Morgendämmerung auf dem Friedhof, wieder mit meinen beiden Thermoskannen, doch diesmal in vierfacher Schicht mit Sibirienmütze und Militärmantel, denn eine klirrende Kälte hielt die Stadt in ihrer Umklammerung. Gegenüber dem Friedhof war ein Weihnachtsmarkt, dessen Buden verloren am Rande eines kleinen Parks herumstanden. Es war wirklich sibirisch, ich fror, und ab und an wehte der Wind die Takte eines Weihnachtslieds zu mir herüber. Während ich hin- und herging, dachte ich an Katharina. Sie hatte gesagt, sie habe schon Hefte von Tamara Sommerblum gelesen. Und wie sie dabei gelächelt hatte, so nett und lieblich. Leute wie ich würden das Leben anderer ein wenig bunter machen, hatte sie gesagt. Und sie hatte von ihrem Plan berichtet: Sie wolle die eine Hälfte der Apotheke zu einem Gewürzhandel umbauen, mit Schwerpunkt auf der Heilkraft der Gewürze. Dafür wolle sie mich ganz offiziell mit dem Erstellen von Texten beauftragen, die das Vorhaben ins rechte Licht rücken sollten. Ich sah ihr Lächeln vor mir und wärmte mich noch jetzt daran, und darüber verging die Zeit trotz der Kälte wie im Fluge.

Mein mitgebrachter Zimttee ging zur Neige und ich hatte inzwischen ein paar Ideen für Katharinas Gewürztexte entwickelt, nicht ohne die Stelle im Auge zu behalten, an der die alte Dame vorbeikommen musste. Stunde um Stunde war vergangen, und als auch dieser Tag zu Ende ging, gelangte ich zu der Ansicht, mein Warten sei vergeblich gewesen. Ich packte die Thermoskannen ein, schulterte meinen Rucksack, den ich im Gebüsch versteckt hatte, und wollte gerade aufbrechen, als ich die schleifenden Schritte vernahm.

»So warten Sie wieder auf mich, junger Mann?«, hörte ich die Stimme, bevor ich die Frau sah. Ich fuhr herum, sah in ein uraltes Gesicht, aus dem zwei Äuglein mich anblitzten. »Diesmal bringe ich Nelken. Wollen Sie mich das letzte Stück nicht begleiten?«

Überwältigt und sprachlos ging ich hinter ihr her, und als wir vor dem Grab angelangt waren, sagte sie:

»Ich habe mich über Ihre Steine gefreut. Das

ist ein Brauch, der mir schon immer gut gefallen hat.«

Und wie das letzte Mal schon, kramte sie in ihrer Tasche, zog ein weiteres Gläschen heraus und ließ mich, bevor sie es an seinen Platz stellte, an den Nelken riechen.

»Weihnachten«, sagte ich.

»Ja, Weihnachten«, antwortete sie.

Eine Weile lang stand sie einfach so da. Dann lächelte sie. »Sie wollen wissen, was ich hier tue? Dann kommen Sie am 24. wieder, um halb sechs. Und bringen Sie Ihre junge Freundin mit.«

Die nächsten drei Tage vergingen in quälender Langsamkeit, und Katharina und ich konnten unsere Gedanken kaum auf etwas anderes richten als auf den bevorstehenden Heiligabend. Dreimal am Tag konsultierte ich den Wetterbericht im Internet, und ein paarmal sprachen Katharina und ich darüber, wie schön es doch wäre, wenn es schneien würde. Am 24. war jedoch von Schnee keine Spur, und so standen wir um Viertel nach fünf an dem Grab und sahen in den Nebel ringsumher. Wie zwei Kinder hielten wir uns an den Händen, warfen uns immer wieder Blicke zu, in denen gespannte Erwartung gepaart mit Glückseligkeit lag, und lauschten in die wattige Dunkelheit. Die Friedhofslaternen warfen einen orangeroten milchigen Schimmer auf unsere Gesichter, und Katharina flüsterte mir zu, dass sie hier um nichts in der Welt allein herumstehen würde. Und da kam die alte Dame.

Diesmal schienen ihre Schritte weniger schleppend. Als sie uns erreicht hatte, nickte sie uns zu, griff in ihre Tasche und zog ein Gläschen heraus. »Fenchel«, sagte sie nur. Etwas mühsam beugte sie sich herunter, stellte das Glas zu den anderen, holte Streichhölzer und ein Grablicht hervor und zündete es an. So standen wir drei eine Weile lang vor dem Grab, betrachteten schweigend das rote Licht und die Glasgefäße, die darin schimmerten und glänzten.

Ich glaubte schon, dass nichts anderes mehr käme und wir alle wieder nach Hause gehen würden, einfach so, da sagte die alte Dame: »Und nun kommen Sie mit!«

Sie setzte sich in Bewegung, ging zwischen den Grabreihen entlang, dorthin, von wo sie gekommen war, hinaus durch das Friedhofstor. Wir folgten ihr durch neblige Straßen, gingen vorüber an hohen Häusern, hinter deren Fenstern bereits die Weihnachtsbäume leuchteten. Vor einem dunklen Hauseingang blieb die alte Dame stehen, die Kirchenglocken begannen zu läuten.

Katharina und ich wechselten einen Blick. Die alte Dame schloss die Haustür auf. Im ersten Stock öffnete sie eine andere Tür, und mit einem Mal standen wir in einem Raum, in dessen Mitte eine festliche Tafel gedeckt war. Sie nahm uns die Mäntel ab (»Nun kommen Sie schon!«), hieß uns an der Tafel Platz nehmen, auf der verschiedene Terrinen und Schüsseln auf kleinen Stövchen standen. Geschichten von Hexen und Zwergen mit langen Nasen wehten durch mein Gedächtnis, Fluchtgedanken blitzten auf, doch ich blieb sitzen. Ich wollte und musste das Geheimnis lüften.

Sie zündete die Kerzen an, raunte uns zu, ab jetzt dürfe niemand mehr den Tisch verlassen, und wünschte uns einen guten Appetit. Wir mussten von allem kosten und tafelten einige Stunden lang, aßen uns durch Hirsesuppe und Bratwürste mit Sauerkraut, Braten und Klöße, Rotkohl und Grünkohl, Rouladen und rote Grütze.

»Neunerlei«, sagte sie nur und nahm einen Schluck Rotwein. »Bei uns zu Hause gab es an Heiligabend niemals etwas anderes.«

Katharina und ich tauschten einen Blick.

»Es ist das Grab meiner Mutter. Und ab dem 1. Dezember stelle ich zum Gedenken an sie die Gewürzgläschen auf. Ein Weihnachten ohne selbstgemachten Lebkuchen war für sie kein Weihnachten.«

»Was ist mit ihrem Namen?«, fragte Katharina nach einer Weile und schluckte.

»Ihrem Namen?«

»Auf dem Grab ist kein Name.«

Die Augen der alten Dame wurden wieder ganz klein zwischen unzähligen Fältchen. »Den …«, sagte sie, »kann ich Ihnen nicht verraten.«

Das war das erste und einzige Mal, dass wir das Haus der alten Dame betraten. Auch sahen wir sie nie mehr wieder. Als wir Wochen später das Haus suchten, um ihr zu danken und sie zu einem Besuch bei uns einzuladen, konnten wir uns nicht recht daran erinnern, welche der Türen nun ihre gewesen war. Ein paarmal gingen wir die Straße auf und ab und einigten uns schließlich auf eine der Türen und klingelten. Doch auf unser Klingeln hin öffnete ein fremder Mann und sah uns fragend an. Er behauptete steif und fest, weder hier noch in den Nachbarhäusern wohne eine alte Dame, nein. Wir hätten uns sicherlich in der Straße geirrt.

Seit jenem Abend gibt es bei uns zu Hause an Heiligabend ein Ritual, das niemals gebrochen wird. Es ist das Neunerlei, das Katharina und ich zubereiten und das wir bei einer alten Dame mit weißem Haar kennengelernt haben, deren Namen wir nie erfuhren.